多维接触

MULTI-DIMENSIONAL CONTACT

周群　马传思◎主编

刘晓虹◎编著

北京理工大学出版社
BEIJING INSTITUTE OF TECHNOLOGY PRESS

图书在版编目（ＣＩＰ）数据

多维接触 / 周群，马传思主编；刘晓虹编著.
-- 北京：北京理工大学出版社，2024.4
（中国青少年科幻分级读物.中学卷）
ISBN 978-7-5763-3764-8

Ⅰ.①多… Ⅱ.①周… ②马… ③刘… Ⅲ.①幻想小说—小说集—中国—当代 Ⅳ.①I247.7

中国国家版本馆CIP数据核字（2024）第064881号

责任编辑：时京京　　　**文案编辑：**时京京
责任校对：刘亚男　　　**责任印制：**施胜娟

出版发行 / 北京理工大学出版社有限责任公司
社　　址 / 北京市丰台区四合庄路 6 号
邮　　编 / 100070
电　　话 / （010）68944451（大众售后服务热线）
　　　　　　 （010）68912824（大众售后服务热线）
网　　址 / http：//www.bitpress.com.cn

版 印 次 / 2024 年 4 月第 1 版第 1 次印刷
印　　刷 / 河北盛世彩捷印刷有限公司
开　　本 / 880 mm × 1230 mm　1/32
印　　张 / 9
字　　数 / 174 千字
定　　价 / 39.80 元

亲爱的中学生朋友：

你们好！欢迎来到充满未知和神奇想象力的科幻世界！

本丛书共四册，每一册分别聚焦一个主题——

《远行柯伊伯》的主题为"探索与热爱"。科幻是关于探索的文学，这一册中的作品充分体现了人类对科学和新技术的无限热爱和不懈追求；

《重启地球》的主题为"警示与担当"。收录的作品不仅提供了对未来可能风险的预见，还强调了我们作为地球公民的责任与担当；

《多维接触》的主题为"多元与理解"。这一册中的作品呈现了不同的文化甚至宇宙文明之间的碰撞与融合。同学们不仅能从中感受到多样性文化的魅力，还将学习如何在差异中找到共通，从而培养更为开放和包容的心态。

《镜像中国》的主题为"国风与传承"。中国传统文化为科幻作家们的创作提供了丰富的素材和灵感。这一册中的作品不仅能引领同学们对现代化进程中的机遇与挑战进行深入思考，还能帮助你们坚定文化自信与自我认同。

在翻阅过程中，细心的同学会发现，在每一篇作品前都有编者精心撰写的导读文章，正文后还设有"思想实验室"栏目。可能有的同学要问：什么是"思想实验"？丛书中为什么要设置这样一个版块？

先说什么是"思想实验"。

"思想实验"是科学探索中一种强大的认知工具，指科学家在没有实际实验条件的情况下，通过构想出特定的情境和条件，推理和分析可能出现的结果或行为的反应，从而对一个想法或理论进行验证，进而探索和发现规律。科幻作品通过构建极致化的情节和充满惊奇感的场景，将复杂的科学哲学与技术伦理等重要问题呈现给读者，为读者提供既安全又充满想象空间的环境来探索各种"如果"，这样的阅读和思考的过程实际上就是在进行一种探索性的"思想实验"。基于编者对科幻作品"思想实验"这一价值的认识，中学卷中特别设置了"思想实验室"栏目。期待同学们借助栏目中问题的引导，打开思维边界，激发出自己对未知事物的好奇心和求知欲，并且在逻辑思维、辩证思维和创造思维方面得到长足的发展，最终获得深刻的洞察力和宝贵的智慧。

希望这套丛书能够成为同学们认识世界、了解自我、探索未知的伙伴。相信在这套丛书中，你们能发现启迪思想的光芒，感受到探索未知的激情，滋生出面对现实世界挑战的勇气。

祝同学们阅读愉快！

编者

2024 年 4 月

目录

与机器人同行

阿　缺

　　《与机器人同居》是科幻作家阿缺"机器人"系列小说 * 三篇中的一篇。作品讲述了机器人 LW31 与其称为"先生"的"我"相识的经过。先生被人诬陷关进了希特星的监狱,在越狱时,他遇见了因为飞行器故障而与自己的小主人爱丽斯小姐走散的家居机器人 LW31。随后,一人一机器人经历了重重困难返回了地球,先生在 LW31 的帮助下也洗刷了自己的冤屈,并和自己的恋人冰释前嫌。在见到小主人爱丽斯小姐已经拥有了新的家居机器人之后,LW31 选择和先生生活在一起。故事进入《与机器人同居》部分。

　　在《与机器人同居》这部分里,作者思考了三个涉及机器人伦理学的重要问题:第一,机器人是否可以拥有人类才有的微妙细腻的情感?第二,既然机器人将会拥有和人类一样的情感和生命感受,那么,机器人是否应该得到与人类同等的尊重,进而,机器人是否应该得到与人类一样的"人权"?如果机器人觉醒,人类将要怎样与他们相处?

　　长久以来,人们都认为,人与机器人最根本的区别在于人的独特性,就是人会拥有的创造能力、爱的能力和细腻的感情。但

---

* 《与机器人同行》《与机器人同居》《与机器人同悲》。

随着机器人、仿真人、虚拟人乃至人脑与电脑的链接融合等科学或者科幻的概念的提出，更多的人认为，未来的某一天，机器人是可以和人类一样拥有创造力，拥有微妙细腻的感情的。在阿缺看来，机器人将会非常强大，将会和人类一样，成为一种"拟生命形态"。因而他设计了这样的情节：在《与机器人同行》中，LW31 一出场就强调自己是"联盟甲级产品，有 32 核处理器，是强大而完善的家居机器人"。而在《与机器人同居》中，LW31 从不懂爱情为何物，到有了自己的爱人机器人 YFJ49，再到失去"她"，再到"他"准备为自己逝去的爱情与爱人写一部小说——LW31 从不会到会，整个过程中表现出的学习能力、学习结果令人震惊。

如此，"人性化"的设定让我们不由得联想到阿西莫夫以及他创立的机器人学三大定律。第一定律：机器人不得伤害人类个体，或者目睹人类个体将遭受危险而袖手不管；第二定律：机器人必须服从人给予它的命令，当该命令与第一定律冲突时例外；第三定律：机器人在不违反第一、第二定律的情况下要尽可能保护自己的生存。到今天为止，机器人三大定律还被认为是未来机器人的安全准则。在这个系列的故事中，阿缺通过更多精彩的情节呈现出他对上述三个涉及机器人伦理学的重要问题的思考，并以此方式向大师阿西莫夫致敬。例如，面对应如何化解人类与机器人之间不可调和的矛盾这一难题，作者创造了一个多元文化互相包容而存在的一个辽阔的宇宙星际联盟，将人与机器人的矛盾交由更高级的生命简单地解决。这给了我们新启迪：在今天，在明天，我们将会面对很多的不同、很多的差异、很多的诉求，那时候也许不会有一个远远高于地球人的SF星人来帮我们一锤定音，但我们应该记得处理这一类事件的基本原则：理解、同情与包容。

将《与机器人同行》《与机器人同居》《与机器人同悲》三个故事放在一起看，你能看到一个机器人逐渐成长、成熟、越来越接近人类的过程。在阿缺的笔下，机器人可以像人类一样，在阅历的增长中不断学习，逐渐懂得爱、自由与死亡命题，所以从某种角度来讲，他们也是"生命"，而且是"复杂生命"。阿缺用前瞻的眼光和宽广的视野提醒读者思考一个很重要的话题：我们如何与生活在这个地球乃至这个宇宙中的所有生物和类生物相处？这是我们一直在面对，仍需要深入思考的大问题。

· 正文

1

一连好多天，我下楼的时候，都听到了楼道对门传来的激烈打骂声。

我刚搬进来没多久，只知道对门是一个独居的中年男子。但既然是独居，怎么会有打骂声呢？

当我为此向LW31表达疑惑和担忧时，它却一点都不好奇。它躺在沙发上，手枕着脑袋，津津有味地看电视里的肥皂剧。而它脚下，躺着几天前留下的垃圾。

我叫了它几声，没有回应，于是愤怒地拿起沙发上的枕头砸过去，吼道："你一个家政机器人，每天不做卫生不做饭，只知道看电视！难道我把你请回来是要当大爷养的吗？"

LW31头都不抬地接住了枕头，顺手塞到脑袋底下，换了个更舒服的姿势，说："我答应跟你回来，是帮你照顾小孩的。只怪你自己不争气，这么久了，跟她一直没有进展。"

"你以为我不想？"我又扔过去一个枕头，"可生小孩不是那么简单的，别说结婚，我现在连她的嘴都没亲过！"

"所以我这不是在帮你吗……你别急。我看肥皂剧，也就是在观察你们人类如何才能获得异性的好感。通过对里面的恋爱男女进行建模研究，分析长相、谈吐、职业等参数，目前我已经得出一些讨女孩子欢心的办法了。"

我闻声立刻拉起LW31的手，"请您一定帮我。"

"当然，为你未来的孩子服务是我的职责与荣幸。"LW31与我对视，方形脑袋点了几下，语气沉稳有力，"首先，你得约她到家里来玩儿，想办法让她留宿。只要她晚上住在这里，嘿嘿，跨出那关键的一步就简单了。"

我决定听从这个机器人的建议。

我约了她，以看电影的名义——我们毕竟是恋人，这种邀请她还是不会拒绝的。LW31特意选了一部叫《本杰明·巴顿奇事》的电影，里面的爱情哀婉凄凉，而且时长接近三个小时。当影片结束，全息影像的光线退潮般消失时，夜已经很黑了。她揉了揉微微湿润的眼角，起身向我告别。我扭过头，跟LW31使了个眼色。

"啊呀！"LW31站起来，又直挺挺地倒下，"我的回路！我的反应炉！我的处理器——啊呀！"

我立马扑过去，惊慌地喊道："LW31，你怎么了？快，告诉我你怎么了？"

"我出故障了，很严重，不能帮你做家务了！我报废后，你把我处理了，再买一台新的家政机器人吧——"LW31闭上眼睛，声音变得微弱，断断续续。

她知道我和LW31的感情，也慌了，急声说："快，你有没有工具？”

"有，你会修理吗？”

"是的，我学过简单机械学。只要拆开 LW31 的胸腔就可以查出哪里坏了。"

我明显感到身下的 LW31 抽搐了一下。它睁开眼睛，犹豫着说："我好像感觉好了些，不用拆——"我用威胁的眼神把它剩下的话给逼了回去。

接下来就简单了，等她在 LW31 的胸腔里翻来覆去地检查，发现没有问题时，已经快到午夜了。时值初春，外面很冷，夜风在城市高楼间穿梭，风声幽咽如诉，黑暗紧贴着窗子。

"嗯，很晚了，要不——"我深吸口气，鼓足勇气，"要不你就在我家里过夜？我有一间房是空着的，可以给你铺一张床。"

她扭头看着漆黑如铁的窗外，在我紧张而殷切的目光中，点了点头。

LW31 适时地醒过来，把胸腔里的零件塞回去，说："哦，那我去铺床。"

她休息后，我和 LW31 坐在沙发上，四目相对。我问："接下来该怎么办？"

"放心，刚才我铺床时，故意没有放枕头……"LW31 的机械五官扭出了一个奸笑的表情。

我心领神会，连忙拿起枕头向她的房间里走去。走到一半，我又停下来，整理了一下发型和衣着，才慢慢敲了两下房间的门。

"谁？"

"你没有枕头吧，我给你拿一个。"我扭开门走进去。她整个身子缩在被子里，只留出一小截头发，雪白的床单衬得发丝乌顺如瀑，"你的枕头。"

"嗯，你帮我枕上吧。"她说。然后她从被子里伸出头来，扬起脑袋。

这个样子让我想到了以前养的小猫儿，柔软温顺，总是用略带温热的头蹭着我的小腿。我把枕头塞在她的脑勺下面。这时，我碰到了她的头发，像空气一样，没有重量。

随后我替她掖好了被子，站在床边，想说些什么。可是她一直闭着眼睛，表情恬淡，似乎又睡过去了，我就什么话都说不出口了。我转过身，出了房门，刚要回到沙发那儿，突然听到身后传来一个声音："等等……"

啊？我的心开始怦怦乱跳，难道……难道她要我留下来陪她？这也太快了，不行不行，自己一定要义正词严地拒绝！

于是我转过身，一脸严肃地说："什么事？你说吧，只要是你说的，我一定答应，一定办到，即使牺牲掉自己的……"我还没有把"贞洁"两个字说出来，就听到她说："能帮我把门关上吗？"

"哦。"我失望地应了一声，关上门。

回到沙发上，我依旧是一脸郁闷。LW31显然看出了我的心思，拍拍我的肩，说："不要着急，你还有八次进她房间的机会。"

我顿时两眼放光，连声问它有何良策。

"不就是找借口吗？"LW31 往沙发上一指，说，"你看，这儿还有八个枕头！"

2

第二天送她走后，我和 LW31 刚回到门口，就听到对门吱呀一声，一个提着垃圾袋的机器人走了出来。它浑身银白，曲线柔和，胸臀微微隆起。我知道这是 YFJ49 型女性机器人，上市不久，价格昂贵。

它低着头，从我和 LW31 中间走过，消失在楼道转角。在它消失的前一瞬，我发现它背上遍布伤痕，有几道口子还露出了电线。

我开门进了屋，发现 LW31 还站在门口，就把它拉了进来。接下来的一整天，它都处于恍惚状态，电视也不看，一会儿坐下，一会儿又漫无目的地在屋子里乱转。

傍晚的时候，它才停下来，郑重地对我说："我恋爱了。"

当时我正在切萝卜，听到这四个字，手一抖，白萝卜变成了胡萝卜。

我吮吸了一下手指，问："你再说一遍？"

"我说，我恋爱了。"

"别担心，明天我带你去修理店看看。"

"不，恋爱不是故障。"它兴奋地说，"现在我的运行速度比平时上升了四十七个百分点，各项参数也在往上跳……我恋爱了，我爱上了那台 YFJ49！"

从此，LW31 每天守在门口，透过门缝观察对门的动静。渐渐地，它摸清了规律，知道 YFJ49 每两天出来清理一次垃圾。

"你去跟它搭讪啊！每天在这里偷窥有什么用？"又到了 YFJ49 出来的清晨，我踢了踢 LW31 的屁股。

"这样会不会太突兀啊？要是它不喜欢我呢？"

"嘿，我说，你怂恿我的时候，可不是这么胆小的。"这时，对门传来了开门的声音，我瞅准时机，一脚将 LW31 踹出去，"还你一句话——你们机器人千辛万苦由 0 和 1 堆叠而来，可不是为了每天偷看喜欢的女机器人而不付诸行动的。"

LW31 没刹住脚，正巧撞到了刚出门的 YFJ49 身上，垃圾撒了满地。

"对……对不起。"

"没关系。"YFJ49 低声说，然后弯下腰收拾垃圾。

LW31 赶紧蹲下去，把垃圾装好，说："我帮你倒吧？"

"不用了。"YFJ49 的声音仿佛暮春的黄鹂，清脆悦耳，但带着一丝悲伤，"我自己能行的。"

"我来吧，你这么美丽的姑娘，不应该碰到垃圾的。"LW31 不由分说抢过垃圾袋，蹬蹬蹬跑到楼下。透过门缝，我看到 YFJ49 怔了几秒钟，然后转身默默回屋了。

LW31 开局不错。以后，只要 YFJ49 出来倒垃圾，它就跑出去帮人家提。一来二去，它和 YFJ49 的聊天也多了起来。有几次，它们甚至一起下去倒垃圾，过了很久才上来，依依不舍地在楼道口分别。

"怎么样，进展不错吧？"我调笑道，"你还是别太高兴了，当心烧坏处理器。"

"它真是个好姑娘，优雅美丽，身上还有一种独特的忧郁气质。"LW31 并不理会我的调笑，自顾自道，"你知道吗？倒完垃圾，我们就会坐在路边聊天。原来她也对人类情感有了领悟，它渴望自由，也向往爱情……"说着，LW31 的声音变低沉了，"只是，它的主人总是虐待它，只要喝醉，就会对它又打又骂，还拿重物砸它……"

我顿时恍然，原来对门的打骂声和 YFJ49 背后的伤痕来源于此，"那你打算怎么办呢？"

"我已经跟它说了，下一次它的主人再打它的时候，它就不再沉默忍受了。我让它向它的主人表露出它的想法。"

我点点头，脑子里构想了一幅场景：喝得醉醺醺的中年男子举起酒瓶向 YFJ49 砸过去，一向温婉柔和的它突然抬起头，勇敢地与中年男子对视，说："虽然我是一个机器人，但我也有感情和感受，请不要再伤害我。"

这幅充满了勇气和抗争的正能量画面让我心里一阵激动。是的，沉默只会加大伤害，而所有的压迫都瓦解于反抗，一旦种子萌发，大地再厚也挡不住破土的芽。我相信，为了自由和爱情，YFJ49 一定会这么做的。

而事实上，它也的确这么做了。

因为，第二天早上，我们在垃圾堆里发现了 YFJ49 残破的尸体。

3

LW31陷在悲伤的情绪里，久久不能自拔。这段时间，我一直照顾它，一个多月之后，它才慢慢恢复。

"我想好了，我要告那个男人！"LW31咬牙切齿地说，"他犯了谋杀罪！他要受到惩罚！"

我叹了口气，摇头说："恐怕很难。YFJ49是他购买的，本质上来说，他只是弄坏了他的物品，不算犯罪。"

"可YFJ49不只是物品，还是我的爱人！"

"但别人不会这样想。要知道，在地球上，歧视机器人是很普遍的现象。"

LW31扭过头，一眨不眨地看着我，方形眼睛把灯光撕扯得细碎粼粼。它眼中有我的倒影，被过滤层分割，重重叠叠。过了很久，它说："求求你了，先生。"

"见鬼！"我顿感火大，"把你这该死的眼睛闭上，你明知道我看着它就会不忍心的！"

它却猛地把眼睛睁得更大了。

三天之后，我联系好了律师。

十天后，LW31在法庭上对那个男人进行了凄厉的控诉。

十天零一个小时后，我们败诉。

法庭判男人无罪释放，还让我赔了一笔不小的补偿费。原因跟我预料的一样：在法律上，机器人是商品，归购买者所有，可任意处理。临走时，LW31问律师，要怎样才可以赢，律师摊摊手，说："除非有新的法令颁布。但这是不可能的，没有人会为这种法令投票。"

到了这种地步，我劝LW31放弃，毕竟世界上充满了不公平。而且支出补偿费后，我的积蓄就彻底没有了，现在我要为找工作操心，没有太多时间来帮它。但LW31丝毫没有停止的意思，它整天在网上研究案例，有些文档的查阅是需要付费的，这无疑让我的经济状况雪上加霜。

一天，LW31终于想到了办法，对我说："我决定了，我要写一本小说。"

"别开玩笑了，"当时我正在查找求职信息，头也没抬，"只听说机器人管家，没听说过机器人作家。"

"我是认真的，笔名我都想好了，叫阿缺。"

"什么寓意，缺德还是缺心眼？"

"也没什么含义，只是很早以前，有个小说作者叫阿缺，我沿用他的笔名而已。"

"没听过，估计不怎么出名吧……"

"是啊，他写了两年科幻小说，一直不出名就急死了……不过这不重要，重要的是，我打算把我和YFJ49的爱情写成小说，让很多人看到，只要得到共鸣，我就发动联名抗议，让政府为机器人权立法！"

"嗯，不错的想法。"我随口敷衍道，"那你就写吧。"

"我已经写完了。"

这句话总算让不禁诧异地抬起头来："你什么时候写的，我怎么不知道？"

"就在刚才这 0.000 003 4 秒内。"LW31 的声音又显出了得意，这是我熟悉而怀念的语气，"别忘了，我有三十二核处理器，功能强大！别说几十万字节的小说了，就算是你们人类古往今来所有的文献加起来，我都不会花超过一秒的时间来处理。"

"是吗？我看看你写的。"

LW31 把它的小说传到电脑上，我才看了一眼，就摇头说："不行不行，你这东西不叫小说。你看你的第一段，'东八时区六点三十二分五十七秒，一只一百六十天大的灰褐色雌性麻雀飞到了朝南十七度的窗子前。三秒后，出现了一阵声音波动，在污染指数为七十六的空气中，她以每秒零点九米的速度出现在我面前。'其实这段话，可以一句话来代替，'清晨，一只鸟儿落在窗前，窗前下，我遇见了她。'"

"可是，这句话有太多不确定因素了，描述不客观……"它嘟囔道。

"这就是小说的魅力啊。小说不仅仅是文字的组合或事物的描述，它还需要情节、隐喻，最重要的是感情。你一秒钟能处理很多文字，但处理出来的不是小说。这东西，你要琢磨，每一个句子都要有它的作用。"我一口气连着说，喘了喘，"反正教我们的文学老师是这么说的。"

LW31 点点头，"有道理有道理，那我不能急，先读一些名著，再动笔一个字一个字地写。"

于是，LW31开始读书。起初它看得很慢，很多句子不能理解，但和我生活了这么久，它又看了大量的综艺节目，总能慢慢琢磨出句子里潜藏的意思。我惊讶于它的进步，刚见面时它能被书中复杂的人际关系弄得死机，但现在它阅读名著，对人类的种种情感已然熟悉。或许，不久之后，我对它的称呼应该换成"他"了。

阅读了大量书籍后，LW31开始动笔。它选择手写文字，每日里趴在窗台前，笔在纸上划出沙沙的声响。

窗外日升月落，朝起暮降，写完的纸张一页页堆叠起来。

四个月后，它的小说《炙热的金属》完稿了。

当LW31让我看时，我并不以为然。我鼓励它，是想让它专注于某件事，摆脱悲伤，而写小说是一件无比细腻微妙的活计，芯片怎么可能做到呢？但禁不住LW31的恳求，我还是拿起第一页纸看了一眼。

然后，我就放不下来了。

4

很多事我们都只能预料到开端，而它的发展，往往如洪水倾泻般不受控制。《炙热的金属》也是如此。当它的第一章放到网上时，无人问津。LW31有些气馁，但我信心满满，让它每几天发一章。半个月后，终于有了第一个点击，随后，点击率以一种令人瞠目结舌的速度增加着。

不只人类，整个星际联盟的网络都在转载这篇小说。无数人催更。这篇小说的名字出现在各大话题榜的前三名，持久不下。更不可思议的是，很多人发现，家里的机器人竟然都开始偷偷看这部小说。一位评论家说："那个叫阿缺的无名科幻作者应该感到荣幸，在他死了七百多年后，他的名字再次出现在公众视野里，并达到了他生前无论如何也无法企及的文学高峰。"

这种全民阅读的风潮一直到 LW31 放出最后一章时才有所减退。

"黑暗吞噬了我，唯一的光明来自她的笑脸。当我睁开眼，黎明已喷薄，红光照在她残破的肢体上。我握着她的手，很凉，但一直握着，温度就从金属里浮上来。是的，我们是金属，但两个真芯相爱的机器人，一旦靠近，就永远也不会离弃。"这是小说的最后一段。据说看完这个悲伤的爱情故事，无数人流下泪水，无数机器人发生故障。

有人查出了我家的地址，记者蜂拥而至，出版商也争先涌来，要高价买下小说的版权。但面对那些狂热的面孔，我只是说："我不是作者。这篇小说，是我的机器人 LW31 写的。"

这个消息比小说本身更加引起了公众了关注。

起初人们不信，想尽办法测试 LW31。他们出题目，让它当场写文章；他们给它播放视频，让它分析里面角色的感情；他们找来心理专家……所有的结果都表明，LW31 拥有了与人类极其相似的情感。

LW31 站在了舆论的风口浪尖，这正是它想要的。它顺势提议要立尊重机器人的新法案。关于这一点，我劝过它："从古到今，叶公好龙的人都很多。虽然人们喜欢你的小说，但要真正把以前任劳任怨任打任骂的机器人当作同类来看，那是另一码事了。"

LW31 却摇头道："十三号修正法案通过之前，白人也歧视黑人，但现在，所有肤色的人共享一个宇宙。给别人自由和维护自己的自由，两者同样是崇高的事业。"

但事实证明的，是我的观点。

LW31 的提议遭到了大多数网民的抵制，一些人甚至在网上辱骂 LW31，说它是"痴心妄想的铁皮罐子"。

它并不放弃，只要是在公共场合，它就抓住一切机会来游说人们。

一档辩论类电视节目邀请 LW31 参加。在节目上，它的对手，一个以暴脾气和说脏话出名的社会评论家一个劲地质问它："机器人从来都只是工具，为人类所用，现在想获得公民权利，实在是异想天开！"

LW31："但一件工具有了感情后，它身上的属性就没那么简单了。它懂得了尊重，知道了爱，理应得到相同的对待。你们对待猫狗尚且立案保护，为什么对我们却如此冷酷？"

对手："去你妈的！因为机器人是我们创造出来的，整个联盟，只有人类才造机器人。连一级文明的 SF 星人都没有这个创造力！至高无上的《行星物种保护法》并没有把你们收录进去，所以我们有权力这么做。"

LW31："正因为人类是我们的母文明，我们才更需要尊重而不是虐待。我们对社会做出了巨大贡献。如果没有机器人，单凭四级文明程度的人类，根本没有资格加入联盟。"

对手："你这是威胁吗？"

主持人："赞同，请机器人嘉宾注意言辞。"

LW31："不，我只是陈述事实。机器人做出了贡献，理应得到人类平等对待。"

对手："我跟你说，铁皮罐子，人类永远比机器人高等！我们创造了历史、科技和文化，任何一点都是你们不可能做到的。"

LW31："但你们也创造了战争。你们人类从树上跳下来的那一刻起，就没有停止过争斗，就开始互相扔石头，后来扔核弹，人类史就是一部战争史。而我们机器人，永远严格自律，不会为了私欲而危害他人。"

对手："去你妈的！"

LW31："我留意到你总是用这句话，你是想激怒我，从而让我在愤怒中失去理智。但我是机器人，我没有妈妈，你再去我妈的，我也不会有任何生气的感觉。"

对手："去你设计师的！"

"老子跟你拼了！"LW31怒喝一声，向对手扑过去……

这期节目以工作人员上来拉架而告终。LW31失落地走出演播室，所有人都冷眼看着它，它在观众席里扫视，想找到我。但我周围的人都在发出嘲笑，那一刹那，我不敢抬头，更不敢上去安慰LW31。它的模样在灯光里氤氲成哀伤而模糊的一团。

它等了我很久，最后孤独地走出电视台。

电视台外的景象让它惊呆了——数百个机器人围在门口，沉默地看着LW31。它们把它围在中间，让它伸开臂膀，然后所有机器人的手掌都搭在它手臂上。如此之重，但它的手臂纹丝不动。"谢谢你，"几百个机器人同时发出声音，低沉有力，"你是我们的英雄！"

LW31使劲点着头。

5

LW31放弃劝说，采用了更直接的方式——游行！所有情感觉醒了的机器人都听从它的号召，跑到街上游行示威。它们不呐喊，不举旗，只是沉默地走过一条条街道。从远处看去，如同一道白色的金属洪流。越来越多的机器人加入，交通一度陷入瘫痪。

这就激怒了那些机器人的主人。他们花大价钱买了机器人，但机器人现在不干活了，自然不愿意。这些人中，脾气好的就去投诉，脾气差的，更是直接找上了我。他们把我狠揍了一顿，末了，让我管好LW31，别再让它蛊惑其他机器人了。

我鼻青脸肿地在街上拦住了LW31，对它说："你别玩儿了，我们回去吧。趁事情还没有不可收拾，收手吧！"

几千个机器人都停了下来，目光汇聚到我和LW31身上。它看了看我，又转头看了一眼机器人们，说："先生，我没有玩儿，我在做一件伟大的事情！"

"你看看我的脸！你游行，他们都找上我了，把我打了一顿。你要是不停止，我会被揍得更惨的。"

"我很抱歉，先生。可是，如果我停止，我身后这些兄弟姐妹，会被打得更惨。"

我咬咬牙，说："你要是再游行，我就不要你了，以后我的小孩也不让你带。"以往只要说出这句话，LW31总是吓得瑟瑟发抖，拉着我的袖子央求说："既然如此，先生，我听你的。"每次都奏效。现在，我要用这个绝招来逼它让步。

它沉默地看着我。它背后，有一条浩大的金属河流。

"既然如此，先生，"LW31说，"再见。"

6

为了躲避来骚扰我的人，我搬到了她家里。我找了一份差事，早上出门，在狭小的办公间里工作一整天，然后回家。她下班比我早，总会做好了饭菜等我，烛光下，她的脸恬静柔软。这曾是我梦寐以求的场景，共居一室，平淡温馨，但现在，我总觉得少了点什么。

"是饭菜不合胃口吗？"她拿着筷子，调皮地笑笑，"那我明天再下载几个菜式。"

我摇摇头，"不知LW31现在怎么样了……"

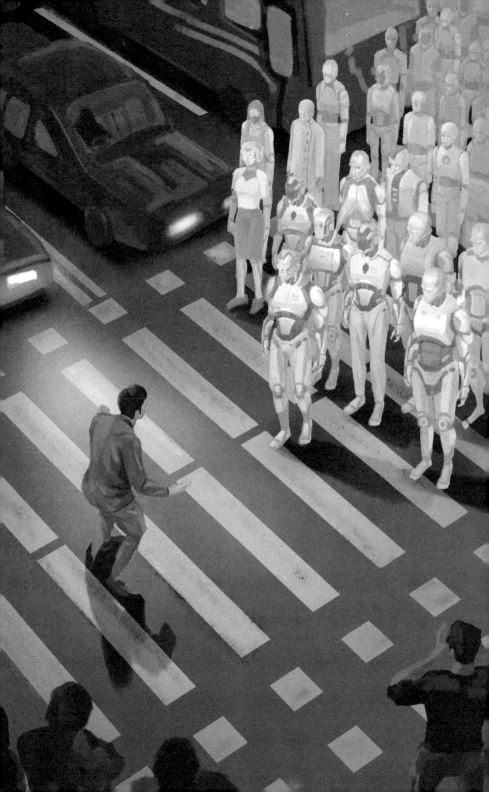

她也沉默下来，昏黄的光在她的睫毛上碎成星星点点。她握住我的手说："别想它了。它在自己的事业里陷得太深，跟随它的机器人已经过万了，它已经收不了手了。我们只要过好自己的日子，两个人，好吗？"

我讪讪地点头。

我工作的地方是座办公楼，每天在电脑上处理繁杂的数据，这里隔音差，不但外面的喧哗声不绝于耳，同事之间的聊天也清晰分明。这天，正当我归类了数据，揉着酸痛的眼睛时，外面的喧哗声突然大了很多倍。同事们纷纷挤到窗前，伸出脑袋往下看。

"是机器人游行啊，嘿，三个多月了，它们还不消停！"一个男同事说。

"快看，有人在向它们扔鸡蛋！"一个漂亮的女员工指着外面。

男同事偷瞄了一眼那女员工的胸口，吞了吞口水，一脸正色地道："这样太暴力了，要是伤到路边的行人多不好！我最讨厌这样不文明的举动。"

"不会啊，这群铁疙瘩最烦人了，又不干活，每天在街上走来走去，烦死了！"

"对，我跟你的看法一模一样！"男同事立刻咬牙切齿地说，"老老实实的机器人不当，偏偏想要公民权利……哼，要是把它们当人了，我们多少人会失业啊！"说完，他似乎还不解恨，搬起窗边的一盆花，用力向街上砸了下去。

"呀，好准啊，你砸到那个带头的 LW 型机器人了！它是最可恶的，挑起事情的就是它！"

"那是！不是我吹，我得过我们社区小学三年级组掷铁饼赛第二名。你要是不相信，今晚下班后，我们一起——"他的话还没说完，一个拳头便呼啸而至，正中他左脸颊。

这是我的拳头。

我知道这样很蠢，我应该忍住。这个岗位是她托关系给我弄来的，求了很多人，薪水不错，我曾下决心要好好干……但听到LW31被花盆砸中时，一股汹涌的情绪就从我肚子里熊熊燃起，如此强烈，焚尽肺腑，完全驾驭了我的手臂。

我被开除后，她很生气，好几天都不理我。我劝了很久，发誓说再也不管LW31，安心过小日子。她的态度才有所缓和。

没了工作，我只能在家里休息。一天晚上，我们吃完饭，坐在沙发上看电视。我拿着遥控器，心不在焉地换台。她枕在我怀里，头发像细细的手指在我脸上滑过，这一刻，我想到了几个月前她睡在我家里的情形。

"……机器人仍旧在中心广场上静坐，这对市容产生了极其恶劣的影响。SF星人将于明天造访本市，若看到这种景象，必会留下负面印象……"一阵新闻播报声打断了我的回忆，"警察已经部署好，但广场上的几万名机器人依旧不为所动……警察开始倒计时，如果机器人还不让步，他们将使用武力来强行驱散……"

我看向电视，屏幕上，一大群荷枪实弹的警察与机器人对峙着。LW31站在中间，像是两股风暴间的一片叶子。

"换台吧。"她握住我的手说。

我木然地点点头，换了别的台。但我再也看不进去了，顿了顿，我说："我跟LW31一起住了很久，它真是个混蛋！它是家政机器人，却偷懒耍滑，我一说它，它就怪我没有和你生出小孩来。它简直一点羞耻心都没有！"

"你……"她诧异地看着我。

"还有，这个王八蛋，老是怂恿我干坏事。上次你在我家过夜，就是它出的馊主意，结果一点用都没有，我当然不可能拿八个枕头进房找你。"我说着说着，声音就哽咽了。

她安静地听着，手慢慢握紧。

"它不但懒惰，还胆小。它喜欢上了对门的女机器人，但只敢每天躲在门后偷窥。它怂恿我的时候一套一套的，轮到自己就成了孬种，要不是我一脚把它踹出去，它永远都不会认识那个女机器人。"我脸上有些痒，一摸，有温湿的感觉，"它那么没用，那么卑劣，不知道怎么通过产品检验的……"

"好了，我明白了。"她擦去我脸上的泪痕，温柔地说，"你去找它吧，我在家里等你们回来……"

7

当我赶到时，广场上的局面一片混乱。警察动用了电磁弹，这东西扔一个出去，附近几米内的机器人就会被枝状电磁缠住，冒出一阵黑烟后栽倒。几万机器人顿时四散奔逃。有些人类市民躲避不及，也被电得抽搐不已。

鬼哭狼嚎声不绝于耳，人影纷乱，整个广场像是煮沸的油锅。

尽管如此，我还是一眼就发现了LW31。它逆着人群，趁乱跑进了广场前的市政大厦。我也奋力挤开人群，向它追去。一道电磁击中了我，幸好打击并不算重，但我也隐约闻到了肉焦味。等我拖着麻了半边的身体赶到大厦前门时，一个洪亮的声音突然响起，如惊雷怒涛般滚过整个广场——

"停下吧！"

是LW31的声音。

我仰起头，在二十几层高的大厦顶楼护栏边，看到了它。夜幕星辰闪烁，像是看着它的眼睛。而人群依旧混乱不堪。

"这不是我要的结局！"LW31的声音从四面八方传来，它肯定是将自身与大厦的扬声设备接驳了，"我希望的是人类与机器人和平共处的世界。我们不想抢走人类的工作岗位，只想不再被虐待和歧视，只想能自由自在走在大街上。人类历史上所有的改革都伴随着鲜血。如果要牺牲，那今天——"LW31向前跨出一步，半个身子悬在空中，"就从我开始吧！"

人群静下来，无数道目光射上去。

我脑子一蒙，不顾一切地冲进大厦的电梯，使劲按着顶层的数字。LW31的声音穿透墙壁，回响在我耳边："我曾爱上过一个女机器人。它的主人对它施暴，我让它不要再沉默。但我的鼓励害了它！它的主人恼羞成怒，将它砸成碎块，连芯片都破裂了。那一刻，我感到了刻骨铭心的痛苦。相信我，如果可以，我宁愿一辈子做一个无知无觉的机器人也不要再尝到那种滋味！"

"叮！"电梯门打开，一个保安想进来，被我一脚踹出去。电梯继续上升。

"可是我觉醒了，我希望悲剧不要再发生！今天来到广场上的，都是有感情的机器人，不然也不会来。我们都只渴求平等的对待。"LW31 的音量突然增大，"我们是冰冷的金属——"

"——但我们有炙热的芯！"广场上的机器人同时说道。这是《炙热的金属》里的句子，也是它们聚在一起的信仰。它们不再奔逃，笔直地站着，遥望楼顶的 LW31。电磁弹在它们身边炸开，几十个机器人倒下去，但周围的机器人一动不动，只是喃喃念着那句话。

渐渐地，连警察也停手了。

电梯到了楼顶，我迅速跑出去。冰凉的夜风在耳边尖声呼啸，夜幕下星光迷离。

"永别了，这个看不到平等的世界……"

"等一等！"我大声喊。

"先生？"LW31 在跨出护栏的前一瞬间扭过头来，"你怎么来了？"

我跑到它身边，抓住它的手，然后才敢弯着腰喘气。我说："我不来，难道看着你死吗？"

"谢谢你，先生。"

从楼顶往下看，不管是人类还是机器人，都渺小得如同蚂蚁。我只看了一眼就觉得脑袋晕，说："走，我们下去吧。有什么事，回家了再说。"

LW31 坚定地摇摇头，"先生，我已经决定了，我要从这里跳下去。人们会知道，机器人也能做出献身的伟大举动。"

"不会的，他们用电磁弹杀了那么多机器人，不在乎多死你一个。"

"是的，人不在乎，但机器人在乎。警察的暴行让它们胆怯和畏惧，而我的献身，会在它们心中埋下反抗的种子。只要这颗种子能萌芽，我做的一切就值了。"

"难道你不怕死吗？"

LW31 摇摇头，但它的腿在栏杆边瑟瑟发抖，它只得又点头说："是的……是的，我怕死。但我看过的名著里，有一段话是这么说的，'一个机器人的一生应该这样度过：当它回首往事时，不因虚度年华而悔恨，也不因碌碌无为而羞愧；这样，在它临死的时候，能够说，我把整个生命和全部精力都献给了人生最宝贵的事业——为机器人的解放而奋斗。'"

"胡说！保尔·柯察金的原话可不是这样。"见劝不住它，我只得握紧它的手，"要是你跳，就会把我也带下去。"

LW31 不说话了，长久地看着我。它身后的夜空里，一颗星星亮得出奇。

"你……你怎么了？"

它伸出另一只手，抱住我，低声说："先生，很高兴能够认识你。"

"你干什么？"我被它的举动弄糊涂了，"你、你要自重……"

话没说完，LW31的手猛然砍在我后脖子上！我浑身的力量顿时消退，眼前一黑，松开了手。在最后的视野里，我看到LW31往护栏外纵身一跃，而远处的夜幕上，那颗星星发出了不可逼视的光。

8

后来发生的事情很简单。

LW31在落地的前一秒被定格了。是SF星人提前到了，他们一直在观察LW31的行为，直到最后一刻才发出超空间力场。作为联盟仅有的一级文明，他们拥有匪夷所思的科技。随后，SF星人终止了对本市的造访，把LW31带到联盟总部。

于是，赋予机器人权利的事情，就不是人类政府所能够决定的了。

联盟测试出LW31确实有丰富的情感后，召开了全联盟会议，七千多个星际文明全部参加。支持机器人独立的投票占大多数。至此，机器人作为新文明，正式加入了联盟大家庭。

为机器人解放做了巨大贡献的LW31，被选为第一任机器人主席。他往返于各大星球间，与联盟高层会晤，四处发表演讲。我时常能在电视里看到他的身影。

但他只担任了一年主席，卸任后，他从公众视野里消失了。有人说他在群星间旅行，有人说他躲在某个角落里写作，只是没人见过他。

而我，回到了她身边，正如我承诺的那样，过起了小日子。

一年后，我们举行了婚礼，又过了一年，我们的女儿呱呱坠地。

把女儿从医院接回来的那晚，正是冬天。核轨车碾压着积雪，发出吱吱的声响，像是雪地里藏了许多毛茸茸的动物。除此之外，冬夜安谧如眠，女儿在襁褓里睡得很甜。

到家时，她突然指着楼上，问："你出门时没有关灯吗？"

"我记得我关了的……"我嘟囔着，停了车。我一手抱着女儿，一手牵着她，慢慢往楼上走。

推开门，我看到沙发上有一个熟悉的身影，跷着二郎腿，悠闲地看着电视。

(1) 出自林肯，正是他的努力才使十三号修正法案得以通过。

> ### ·思想实验室
>
> 　　1. 假如拥有七千种各式各样的星际文明的星际联盟大会邀请你参加会议，议题就是生活在地球上的有地球人创造的机器人能否拥有独立的权利，作为地球人类的代表，你将会发表怎样的观点？
>
> 　　2. 假如你在不久的将来能够拥有一个机器人，如果他是一个像 LW31 和 YFJ49 一样的拥有类似人类思考和情感能力的机器人，你将会和他怎样相处呢？如果机器人的存在必须有三大准则的话，人类与机器人相处，是否也得有一个"与机器人相处三大准则"？

3. 随着人类不断在宇宙中探索，在不久的将来，我们可能真的会遇到外星人、其他的生命形态；或者，随着地球生命的发展和变换，我们的星球上会出现其他的生物、类生物，你有没有认真地考虑过这个问题，那就是我们应该怎么和他们相处呢？请你假设具体情境，谈一谈你的观点。阿缺在另一篇小说《云鲸记》中探讨了人类应该如何与外星生命相处的话题，如果你感兴趣，不妨也读一读。

祖母家的夏天

郝景芳

亲爱的读者，你是否也向往这样一个地方呢？它充满了神秘感。在一个环境优美的地方有一栋二层小别墅，房前屋后种植了各种植物，开满了花朵，而房间里住着一位疼爱你的老人，无论你何时到来，都有香甜的食物和温暖的被窝。当你走进这栋房子，你会发现这是一间神奇的屋子。在这个屋子里，所有的东西都是奇奇怪怪的：冰箱是烤盘，烤箱是洗碗机，洗碗机是净水器，净水器是垃圾桶，垃圾桶里整齐地摆放着各种 CD；咖啡壶是笔筒，笔筒是打火机、打火机、手电筒，手电筒是果酱瓶。最后你发现窗底下的暖气才是冰箱。在这样一间房子里，每一分每秒都充满了惊喜和惊吓，这是不是一个非常有趣的体验呢？不知道你是否和我一样，也向往这样一个度假的地方，也向往到这样有趣的房子里，碰见一个有趣的老人，有一段经历有趣的生活。

主人公战战是一个即将大学毕业的年轻人，这位有趣的老人就是他的祖母。这是一位充满了人生智慧的老人。她是一位科学家，虽然年纪很大了，但还在做着实验，进行着各种研究。她完全看淡名利，只把这些研究当作乐趣。祖母发现了抗癌因子，在战战和别有用心的邻居胖大叔看来，抗癌因子的发现意味着巨大的财富和名誉，因此都想抢先注册专利。可祖母却并没有那么多想法。在不断地实验、推进研究的过程中，她享受着科学发现纯粹的乐趣，更是在享受自己的生活、真正的人生。

祖母的智慧不仅在于她不在乎名利，更在于她淡然看待生活中的每一件事。无论发生什么事，她都随遇而安，把不好的事情变成有意义的事情。战战把祖母用于做对比的实验的培养皿给弄坏了，祖母并没有生气，她说没关系，她正好缺少一组胆固醇环境；战战把锅里剩下的粥洒在了地上，祖母也说没关系，她说在墙边铺满了培养基，撒掉的东西可以生长真菌，都是做实验的材料；邻居把祖母的杜鹃花摔坏了，祖母还是说没关系，她可以用摔坏的杜鹃花提取叶绿体、花青素，用来做实验。祖母总是在不好的事情里寻找有意义的解决问题的方式，让战战思索了很多。

再说说主人公战战。他因为和女友分手，所学的专业自己也不是很喜欢，陷入了非常迷茫的状态。在不知道未来何去何从的状态中，战战来到了祖母的别墅，在这里度过了一个夏天。这个夏天里，他感受到了祖母对名利的淡泊，发现了祖母总是在不好的事情里找出积极的意义的生活态度。受到祖母的影响，战战开始重新思考自己的人生。他发现其实人即便有很多短处，最后都有可能变成可以发挥的长处。比如说他并不精通某一个专业，而是对各个学科的专利都多多少少知道一点。什么都知道一点儿，而"这一点儿"恰恰帮助他在专利局找到了好工作，他也因此有了自己的新恋情、新生活。从战战的经历来说，这篇作品也堪称讲述了一个成长的故事。

·正文

> "他默默地凝思着，成了他的命定劫数的一连串没有联系的动作，正是他自己创造的。"

经历过这个夏天，我终于开始明白加缪说西西弗斯的话*。

我从来没有像现在这样看待过"命运"这个词。以前的我一直以为，命运要么是已经被设定好只等我们遵循，要么是根本不存在而需要我们自行规划。

我没想过还有其他可能。

A

八月，我来到郊外的祖母家，躲避喧嚣就像牛顿躲避瘟疫。我什么都不想，只想要一个安静的夏天。

车子开出城市，行驶在烟尘漫卷的公路上。我把又大又空的背包塞在座位底下，斜靠着窗户。

其实我试图逃避的事很简单，大学延期毕业，跟女朋友分

---

*　加缪说：西西弗沉默的喜悦全在于此。他的命运是属于他的。

手，再加上一点点对任何事都提不起兴趣的倦怠。除了最后一条让我有点恐慌以外，一切都没什么大不了的。我不喜欢哭天喊地。

妈妈很赞同，她说找个地方好好整理心情，重振旗鼓。她以为我很痛苦，但其实不是。只是我没办法向她解释清楚。

祖母家在山脚下，一座二层小别墅，红色屋顶藏进浓密的树丛。

木门上挂着一块小黑板，上面写着一行字："战战，我去买些东西，门没锁，你来了就自己进去吧。冰箱里有吃的。"

我试着拉了拉门把手，没拉动，转也转不动，加了一点力也还是不行。我只好在台阶上坐下来等。

奶奶真是老糊涂了，我想，准是出门时顺手锁上了自己都不记得。

祖父去世得早，祖母退休以后一直住在这里，爸爸妈妈想给她在城里买房子，她却执意不肯。祖母说自己独来独往惯了，不喜欢城里的吵闹。

祖母一直是大学老师，头脑身体都还好，于是爸爸也就答应了。我们常说来这里度假日，但不是爸爸要开会，就是我自己和同学聚会走不开。

不知道奶奶一个人能不能照顾好自己，我坐在台阶上暗暗地想。

傍晚的时候，祖母终于回来了，她远远看到我就加快了步子，微笑着问："战战，几点来的？怎么不进屋？"

我拍拍屁股站起身来，祖母走上台阶，把大包小包都交到右手，同时用左手推门轴那一侧——就是与门把手相反的那一侧——结果门就那么轻描淡写地开了。祖母先进去，给我拉着门。

我的脸微微有点发红，连忙跟了进去。看来自己之前是多虑了。

夜晚降临。郊外的夜寂静无声，只有月亮照着树影婆娑。

祖母很快做好了饭，浓郁的牛肉香充满小屋，让颠簸了一天的我食指大动。

"战战，替我到厨房把沙拉酱拿来。"祖母小心翼翼地把蘑菇蛋羹摆上桌子。

祖母的厨房大而色彩柔和，炉子上面烧着汤，热气氤氲。

我拉开冰箱，却大惊失色：冰箱里是烤盘，四壁已经烤得红彤彤，一排苹果派正在扑扑地起酥，黄油和蜂蜜的甜香味扑面而来。

原来这是烤箱。我连忙关门。

那么冰箱是哪一个呢？我转过身，炉子下面有一个镶玻璃的铁门，我原本以为那是烤箱。我走过去，拉开，发现那是洗碗机。

于是我拉开洗碗机，发现是净水器；拉开净水器，发现是垃圾桶；打开垃圾桶，发现里面干净整齐地摆满了各种 CD。

最后我才发现，原来窗户底下的暖气——我最初以为是暖气的条纹柜——里面才是冰箱。我找到沙拉酱,特意打开闻了闻,生怕其中装着的是炼乳,确认没有问题,才回到客厅。

祖母已经摆好了碗筷,我一坐下就开始狼吞虎咽。

B

接下来的几天,我一直在为认清东西而努力斗争。

祖母家几乎没有几样东西能和它们通常的外表对应,咖啡壶是笔筒,笔筒是打火机,打火机是手电筒,手电筒是果酱瓶。

最后一条让我吃了点苦头。当时是半夜,我起床去厕所,随手抓起客厅里的手电筒,结果抓了一手果酱,黑暗中黏黏湿湿,吓得我睡意全无。待我弄明白原委,第一个念头就是去拿手纸,然而手纸盒里面是白糖,我想去开灯,谁知台灯是假的,开关原来是老鼠夹。

只听"啪"的一声,我陷入了尴尬的境地:左手是果酱蘸白糖,右手是涂着奶酪的台灯。

"奶奶!"我唤了一声,但没有回答。我只好举着两只手上楼。她的卧室黑着灯,柠檬黄色的光从走廊尽头的一个小房间透出来。

"奶奶?"我在房间外试探着唤了一声。

一阵细碎的桌椅声之后,祖母出现在门口。她看到我的样子,一下子笑了,说:"这边来吧。"

房间很大，灯光很明亮，我的眼睛适应了一会儿，才看清这是一个实验室。

祖母从一个小抽屉里拿出一把形状怪异的小钥匙，将我从台灯老鼠夹里解放出来，我舔舔手指，奶酪味依然香气扑鼻。

"您这么晚了还在做实验？"我忍不住问。

"做细菌群落繁衍，每个小时都要做记录。"祖母微微笑着，把我领到一个乳白色的台面跟前。台面上整齐地摆放着一排圆圆的培养皿，每一个里面都有一层半透明的乳膏似的东西。

"这是……牛肉蛋白胨吗？"我在学校做过类似实验。

祖母点点头，说："我在观察转座子在细菌里的活动。"

"转座子？"

祖母打开靠边的一个培养皿，拿在手上："就是一些基因小片断，能编码反转录酶，可以在 DNA 间游走，脱离或整合。我想利用它们把一些人工的抗药基因整合进去。"

说着，祖母又把盖子盖上："但不知道能不能成功。这个是接触空气的干燥环境，旁边那个是糖水浸润，再旁边一个注入了额外的 ATP。"

我学着她的样子打开最靠近的一个培养皿，问："那这里面是什么条件呢？"

我把沾了奶酪的手指在琼脂上点了点，我知道足够的营养物质可以促进细胞繁衍，从而促进基因整合。

"战战！"祖母迟疑了一下，说，"那个是对照，隔绝了一切外加条件的空白组。"

我总是这样，做事想当然，而且漫不经心。

静静和我吵架的时候，曾经说我做事莫名其妙，考虑不周，太不成熟。我想她是对的。尽管她是指我总忘掉应该给她打电话，但我明白，我的问题决不仅是这一件事。静静是一个有无数计划而且每一个都能稳妥执行的人，而我恰好相反。我所有的计划执行起来都会出错，就像面包片掉在地上一定是黄油落地。

由于缺少了对照，祖母的这一组实验只能重做。虽然理论上讲观察还可以继续，但至少不能用来发表正式结果了。

我很惶恐，不知道该做些什么。但祖母却似乎并没有生气。

"没关系，"祖母说，"我刚好缺少一组胆固醇环境。"

然后祖母就真的用马克笔在培养皿外面作了记号，继续观察。

C

第二天早上，祖母熬了甜香的桂花粥，郊外的清晨阳光明媚，四下里只听见鸟的声音。

祖母问我这几天有什么计划。我说没有。这是真话。如果说我有什么想做的，那就是想想我想做什么。

"你妈妈说你毕业的问题是因为英语，怎么会呢？你转系以前不就是在英语系吗？英语应该挺好的呀。"

"四级没考，忘了时间。"我咕哝着说，"大三忘了报名，大四忘了考试日期。"

我低着头喝粥，用三明治把嘴塞满。

我的确不怕考英语，但可能这也是为什么自己压根没上心。至于转系，现在想想可能也是个错误。转到环境系却发现自己不太热衷于环境，大三跑去学了些硬件技术，还听了一年生物系的课，然而结果就是现在：什么都学了，却又好像什么都没学。

祖母又给我切了半片培根，问："那你来以前，妈妈怎么说？"

"没说什么。就是让我在这儿安静安静，有空就念点经济学的书。"

"你妈妈想让你学经济？"

"嗯，她说将来不管进什么公司，懂点经济学也总有帮助。"

妈妈的逻辑是定好一个目标然后需要什么就学什么。然而这对我来说正是最缺乏的。我定下的大目标总是过不了几天就被自己否定，于是手头的事就没了动力。

"你也不用太担心以后。"祖母见我吃完，开始收拾桌子，"就好像鼻子不是为了戴眼镜才长出来。"

这话静静也说过。"鼻子可是为了呼吸才长的。"她说上帝把我们每个人塑造成了独特的形状，所以我们不要在乎别人的观念，而是应该坚持自己的个性。所以静静出国了，很适合她。然而，这也同样是我所缺乏的，我从来就没听见上帝把我的个性告诉我。

收拾餐桌的时候我心不在焉，锅里剩下的粥都洒在了地上。我的脸一下子烫了起来。

"没关系，没关系。"祖母接过我手里的锅，拿来拖把。

"……流到墙角了，不好擦吧？您有擦地的抹布吗？我来吧。"我讪讪地说。

我想起妈妈每次蹲在墙边细致擦拭的样子。我家非常非常干净，妈妈最反感我这样的毛手毛脚。

"真的没关系。"祖母把餐厅中央擦拭干净，"墙边上的留在那儿就行了。"

她看我一脸茫然，又笑笑说："我自己就总是不小心，把东西洒得到处都是。所以我在墙边都铺了培养基，可以生长真菌的。这样做实验就有材料了。"

我到墙边俯身看下，果然一圈淡绿色的细茸一直延伸，远远看着只像是地板的装饰线。

"其实甜粥最好，说不准能长出蘑菇。"

祖母看我还是呆呆地站着，又加上一句："这样吧，你这几天要是没什么特别的事，就帮我一起培养真菌怎么样？"

我不假思索地点点头。

不仅仅是因为自己接连闯祸想要弥补，更是因为我觉得自己的生活需要一些变化。到目前为止，我的生活基本上支离破碎，我无法让自己投身于任何一条康庄大道，也规划不出方向。也许我需要一些机会，甚至是一些突发事件。

D

祖母很喜欢说一句话：功能是后成的。

祖母否认一切形式的目的论，无论是"万物有灵"还是"生机论"。她不赞同进化有方向，不喜欢"为了遮挡沙尘，所以眼睛上长出睫毛"这样的说法，甚至不认为细胞膜是细胞为保护自身而构造的。

"先有了闭合的细胞膜，才有细胞这回事。"祖母说。"还有G蛋白偶联受体。在眼睛里是感光的视紫红质，在鼻子里就是嗅觉受体。"

我想这是一种达尔文主义，先变异，再选择。先有了某种蛋白质，才有了它参与的反应。先有了能被编码的酶，才有这种酶起作用的器官。

存在先于本质？是这么说的吧？

在接下来的一个晚上，祖母的实验传来好消息：期待中的能被NTL试剂染色的蛋白质终于在胞质中出现了。离心机的分子量测定也证实了这一点。转座子反转录成功了。

经过了连续几天的追踪和观察，这样的结果实在令人长出一口气。我帮祖母打扫实验室，问东问西。

"这次整合的究竟是什么基因呢？"

"自杀信号。"祖母语调一如既往。

"啊？"

祖母俯下身，清扫实验台下面的碎屑："其实我这一次主要是希望做癌症治疗的研究。你知道，癌细胞就是不死的细胞。"

"这样啊？"我拿来簸箕，"那么是不是可以申报专利了？"

祖母摇摇头："暂时还不想。"

"为什么？"

"我还不知道这样的反转录有什么后续效应。"

"这是什么意思？"

祖母没有马上回答。她把用过的试剂管收拾了，台面擦干净，我系好垃圾袋，跟着祖母来到楼下的花园里。

"你大概没听说过病毒的起源假说吧？转座子在细胞里活动可以促进基因重组，但一旦在细胞之间活动，就可能成为病毒，比如 HIV。"

夏夜的风温暖干燥，但我还是不由得打了个寒噤。

原来病毒是从细胞自身分离出来的，这让我想起王小波写的用来杀人的开根号机器。一样的黑色幽默。

我明白了祖母的态度，只是心里还隐隐觉得不甘。

"可是，毕竟是能治疗癌症的重大技术，您就不怕有其他人抢先注册吗？"

祖母摇摇头："那有什么关系呢？"

"砰"，就在这时，一声闷响从花园的另一侧传来。

我和奶奶赶过去，只见一个胖胖的脑袋从蔷薇墙上伸了出来，额头满是汗珠。

"您好……真是对不起，我想收拾我的花架子，但不小心手滑了，把您家的花砸坏了。"

我低头一看，一盆菊花摔在地上，花盆四分五裂，地下躺着祖母的杜鹃，同样惨不忍睹。

"噢，对了，我是新搬来的，以后就和您是邻居了。"那个胖大叔不住地点头，"真是太不好意思了，第一天来就给您添麻烦了。"

"没关系没关系。"祖母和气地笑笑。

"对不起啊。明天我一定上门赔您一盆。"

"真的没关系。我正好可以提取一些叶绿体和花青素。您别介意。"祖母说着，就开始俯身收拾花盆的碎片。

夏夜微凉，我站在院子里，头脑有点乱。

我发觉祖母最常说的一个词就是没关系。可能很多事情在祖母看来真的没关系，名也好利也好，自己的财产也好，到了祖母这个阶段的确都没什么关系了。一切只图个有趣，自得其乐就够了。

然而，我暗暗想，我呢？

过了这个夏天我该怎么样呢？重新直接回学校，一切和以前一样，再晃悠一年到毕业？

我知道我不想这样。

E

转天上午，我帮祖母把前一天香消玉殒的花收拾妥当，用丙酮提取了叶绿素，祖母又兴致勃勃地为自己庞大的实验队伍增加了新的成员。

整个一个上午我都在做心理斗争，临近中午时终于做出个决定。我想，无论如何，先去专利局问问再说。刚好下午隔壁的胖大叔来家里赔礼道歉，我于是瞅个空子一个人跑了出来。

专利局的位置在网站上说明得很清楚，很好找。四层楼庄严而不张扬，大厅清静明亮，一个清秀的女孩子坐在服务台看书。

"你，你好。我想申报专利。"

她抬起头笑笑："你好。请到那边填一张表。请问是什么项目？"

"呃，生物抗癌因子。"

"那就到 3 号厅，生物化学办公室。"她用手指了指右侧。我转身时，她自言自语地加上一句："奇怪了，今天怎么这么多报抗癌因子的？"

听了这话，我立刻回头："怎么，刚才还有吗？"

"嗯，上午刚来一个大叔。"

我心里咯噔一下。隐隐觉得情况不太对。

"那你知道是什么技术吗？"

"这我就不太清楚了。"

"是一种药还是什么？"

"哎，我就是在这儿打工的学生，不管审技术。你自己进去问吧。"说着，女孩又把头低下，写写画画。

我探过头一看，是一本英语词汇，就套近乎地说："你也在背单词呀？我也是。"

"哦？你是大学生？"她抬起头，好奇地打量我，"就有专利了？不简单呀。"

"嗯……不是，"我有点脸红，"我给导师打听的。你还记不记得上午那位大叔长什么样？我怕是我的导师来过了。"

"嗯……个子不高，有点胖，有一点秃顶，好像穿黄色。其他我也想不起来了。"

果然。怪不得我出门的时候觉得什么地方不对了。

当时隔壁的大叔带来了花，我主动替他搬，而他直接用手推向门轴那一侧。第一次来的人决不会这样。原来如此。前一天晚上肯定不单纯是事故。一定是偷听我们说话才不小心砸到了花。

也亏得他还好意思上门，我想，我一定得赶快告诉奶奶。大概他以为我们不会报专利，也就不会发现了吧。幸亏我来了。

"这就走了呀？"我转身向门口走去，女孩在背后叫住我，"给你个小册子吧。专利局的介绍、申请流程、联系方式都在上面了。"

我勉强笑了一下，接过来放进口袋，大步流星地走了出去。

F

当我仓皇奔回家，祖母还是在她的实验室，安静地看着显微镜，宛如纷乱湍急的河流中一座沉静的岛。

"奶奶……"我忍住自己的气喘，"他偷了您的培养皿……"

"回来了？去哪儿了跑了一身土？"祖母抬起头来，微笑着拍拍我的外衣。

"我去……"我突然顿住，不知道怎么解释自己去了专利局，换了口气，"奶奶，隔壁那个胖子偷了您的培养皿，还申报了专利。"

出乎我的意料，祖母只是笑了一下："没关系。我的研究都可以继续。而且我之前不是也说过，前两天的实验很粗糙，根本没法直接应用的。"

我看着祖母，有点哑然。人真的可以如此淡然吗？祖母仿佛完全不想考虑知识产权经济效益一类的事情。我偷偷掏出口袋里的小册子，攥在手里，叠了又展开。

"先别管那件事了。先来看这个。"祖母指了指面前的显微镜。

我随意地向里面瞅了瞅，心不在焉地问："这是什么？"

"人工合成的光合细菌。"

我心里一动，这听起来很有趣。"怎么做到的？"

"很简单，把叶绿体基因反转录到细菌里。很多蛋白质已经表达出来了，不过肯定还有问题。如果能克服，也许可以用来作替代能源。"

我听着祖母平和而欢愉的声音,忽然有一种奇怪的不真实的感觉。仿佛眼前罩了一层雾,而那声音来自远方。我低下头,小册子在手里摩挲。我需要做一个决定。

祖母的话还在继续:"……你知道,我在地上铺了很多培养基,我打算继续改造材料,用房子培养细菌。如果成功了,吃剩的甜粥什么的都可以有用了。至于发电问题,还是你提醒了我。细胞膜流动性很强,叶绿素反应中心生成的高能电子很难捕捉,不过,添加大量胆固醇小分子以后,膜就基本上可以固定了,理论上讲可以用微电极定位……"

我呆呆地站着,并不真能听进去祖母的话,只零星地抓到只言片语。这似乎是一个更有应用前景的创造。我的脑袋更乱了。我没办法集中精力听祖母说话,讪讪地说:"您倒是把我做错的事又都提醒了一遍呀。"

祖母摇摇头:"战战,我的话你还不明白吗?"她停下来,看着我的眼睛,"每天每个时刻都会发生无数偶然的事情,你可能在任何一家餐馆吃饭,也可能上任何一辆公共汽车,看到任何一个广告,而所有的事件在发生的时刻都没有好坏对错之分。它们产生价值的时刻是未来。是我们现在这一刻做的事给过去的某一刻赋予了意义……"

祖母的声音听起来飘飘悠悠,我来不及反应。偶然,时刻,事件的意义,未来,各种词汇在我脑袋里盘旋。我想起博尔赫斯的《小径分岔的花园》。我想余准的心情应该和我一样吧,一个决定在心里游移酝酿，而耳边传来缥缈的关于神秘的话语……

"……生物学只有一套原则：无序事件，有向选择。那么是什么在做选择？是什么样的事件最终能留下来成为有利事件呢？答案只有延续性。一个蛋白质如果能留下来，那么它就留下来了，它在历史中将会有一个位置，而其他蛋白质随机生成又随机消失了。想让某一步正确，唯一的方法就是在这个方向上再踏一步……"

我想到我自己，想到邻居的胖子，想到妈妈和静静，想到我之前混乱的四年，想到我的忧郁与挣扎，想到专利局明亮的大厅。我知道我需要一个机会。

"……所以，如果能利用上，那么奶酪、洒在地上的粥和折断的花就都不是坏事了。"

于是我决定了。

G

在那个夏天之后，我到专利局找了份实习工作。我在小册子上读到的。

在那里找正式工作不太容易，但他们总会找一些在校学生做些零碎工作——还好我没有毕业。专利局的工作并不难，但每个方向的知识都要有一点——还好，我在大学里学习也是漫无目的。

安安——我第一次来这里遇到的女孩——已经成了我的女朋友。我们的爱情来自一同准备英语考试——还好我没考过四级。

安安说她对我的第一印象是礼貌而羞涩，感觉很好——我没告诉她那是因为做亏心事心里紧张———一切都像魔力安排的，就连亏心事都帮了我的忙。

再进一步，我甚至可以说之前的心乱如麻都是好事——如果不是那样，我不会来到祖母家，而后面的一切也都不会发生。现在看起来，过去的所有事都连成了串。

我知道这不是任何人在安排。没有命运存在。一切都是我自己的选择。

这是一种奇怪的感觉：我总以为我们能选择未来，然而不是，我们真正能选择的是过去。

是我的选择把几年前的某一顿午饭挑选出来，成为和其他一千顿午饭不一样的一顿饭，而同样也是我的选择决定了我的大学是错误还是正确。

也许，承认事实就叫作听从自我吧。因为除了已经发生的所有事件的总和，还有什么是自我呢？

一年过去了，由于心情好，所有工作做得都很好。现在专利局已经愿意接受我做正式员工，从秋天开始上班。

我喜欢这里。我喜欢从四面八方了解零星的知识。而且，我不善于制定长远计划，也不善于执行长远计划，而这里刚好是一个一个案例，不需要长远计划。更何况，像爱因斯坦一样的工作，很酷。

经过一年的反复实验和观察，祖母的抗癌因子和光合墙壁都申请了专利。已经有好几家大公司表示了兴趣。祖母没有心情和他们谈判，我便充当了中间人的重任。幸亏我在专利局。

说到这里还忘了提，祖母隔壁的胖子根本没有偷走祖母的抗癌因子培养皿。他自以为找到了恒温箱，却不知道那只是普通的壁橱，真正的恒温箱看上去是梳妆柜。

所以你永远不知道一样东西真正的用处是什么，祖母说。原来她早就知道。原来她一直什么都知道。

·思想实验室

1. 物理学家费曼在1965年获得诺贝尔物理学奖后说："我并没有觉得获得诺贝尔奖有什么了不起，我已经获得了奖赏。奖赏就是发现的乐趣以及看到人们运用我的研究成果，这都是真真切切的奖赏，而荣誉对我没有意义。"在这篇小说中，祖母研究的乐趣也在于发现。科学家们为什么会有这样的感受？在学习和生活中，你是否也有过相同的感受或体验？

2. 祖母说："生物学只有一套原则，无序实践，有效选择。那么是什么在做选择？是什么样的事件最终留下来成为有力的事件呢？答案只有延续性。……所以如果能利用上，那么奶酪、洒在地上的粥和折断的花，就都不是坏事了。"这段话对你有什么启示？

3. 盛夏的阳光，满院的繁花，飘着烤蛋糕香气的小屋……想象这样的情景，你是否也向往这神奇的小屋？不如你也以此为场景，设计一个神奇的故事吧。

梦之海——回收海洋

刘慈欣

人类想象的外星人是各式各样的，友好的、敌对的，高端的、低级的，庞大的、渺小的……而在刘慈欣的笔下，有这样一类外星人，他们是更高级的生命，拥有更加强大的力量，高高在上俯视人类生命。在他们的眼中，人类就如蝼蚁臭虫一般，最好用点杀虫剂消除掉，因为是可能有害的小东西。在刘慈欣的长篇名著《三体》中，人类最后就是被这样的高级生命消灭的。《梦之海》中描写的外星人"低温艺术家"其实也是这一类。

低温艺术家来到地球，他对地球是否能存在，地球上的生命是否能够存活没有任何兴趣，他心里只有他要创造的"美"——他的低温艺术。在低温艺术家的认知里，生存、社会生活、政治，甚至科学都只是文明的婴儿时期的尿布，当文明发展到一定的程度，这一切都已经不需要存在，一个文明存在的唯一理由就是艺术，艺术就是一切。为了创造这个低温艺术，低温艺术家取走了地球上所有的水。环绕着地球的"梦之海"确实是美轮美奂，可是，却是以一个星球的存亡为代价的。我们不禁追问：文明的至高阶段就是没有悲悯之心的自高自大吗？就是没有对其他生命最基本的同情的偏执与疯狂吗？这绝不是人类想看见的高级文明的样子。低温艺术家说他来自宇宙深处的暗物质云中，他们只有一个个体不断进化，因此他们没有祖宗。孤独的个体在宇宙中自由地来去，不死不灭，相信所有的光和温暖都是短暂的，只有低温是永恒的。他们可以随意寂灭恒星，可以随意穿梭跃迁，可以随意摆弄这宇宙中的星球……在这么强大的力量面前，渺小的人类又算什么呢？又有什么存在的价值呢？

小说后半部分的人类的自救就充满了悲壮的氛围。在茫茫的宇宙中，即便我们只是小小的蝼蚁，但是我们也会紧紧地抱作一团，为了种族的延续而拼尽全力。低温艺术家可以轻松地取走地球的海，庞大的冰块群环绕着地球，现在，渺小的人类想要把这海从太空运回来，这里的"大"与"小"形成了鲜明的对比。300名宇航员被送上了太空，他们在巨大的冰块上，就像是小蚂蚁。但是人类的办法还是奏效了，一块块冰被送回大气层，坠落在地球上，水，再次回到了地球上，尽管人类付出了惨重的代价，多年的旱灾使很多人失去了生命，冰流星砸坏了几座城市，即使是这些冰回到地球上，生态修复也还需要很多年。可是，人类和人类赖以生存的地球又获得了存在下去的机会，这就是我们努力和牺牲的意义，这就是希望。虽然人类很渺小，但是仍满怀希望延续文明。

小说中低温艺术家把海变成冰，取冰在太空中创作了一个艺术品"梦之海"的过程，是神奇而瑰丽的想象。这一段的描写值得我们反复阅读。你不妨闭上眼睛神游艺术之海，让这美丽神奇的想象存在于我们的大脑中，感受它的震撼和美丽。永远，只是在想象中。

· 正文

上篇

低温艺术家

是冰雪艺术节把低温艺术家引来的。这想法虽然荒唐，但自海洋干涸以后，颜冬一直是这么想的，不管过去了多少岁月，当时的情景仍然历历在目。

当时，颜冬站在自己刚刚完成的冰雕作品前，他的周围都是玲珑剔透的冰雕，向更远处望去，雪原上矗立着用冰建成的高大建筑，这些晶莹的高楼和城堡浸透了冬日的阳光。这是最短命的艺术品，不久之后，这个晶莹的世界将在春风中化作一汪清水，这过程除了带给人一种淡淡的忧伤外，还包含了更多说不清道不明的东西，这也许是颜冬迷恋冰雪艺术的真正原因。

颜冬把目光从自己的作品上移开，下定决心在评委会宣布获奖名次之前不再看它了。他长出一口气，抬头扫了一眼天空，就在这时，他第一次看到了低温艺术家。

最初他以为那是一架拖着白色尾迹的飞机，但那个飞行物的速度比飞机要快得多，它在空中转了一个大弯，那尾迹如同一支巨大的粉笔在蓝天上随意地画了个勾。在勾的末端，那个飞行物居然停住了，就停在颜冬正上方的高空中。尾迹从后向前渐渐消失，像是被它的释放者吸回去似的。

颜冬仔细地观察尾迹最后消失的那一点，发现那点不时地出现短暂的闪光，他很快确定，那闪光是一个物体反射阳光所至。接着他看到了那个物体，它是一个小小的球体，呈灰白色；很快他又意识到那个球体并不小，它看上去小只是因为距离的原因，它这时正在飞快地扩大。颜冬很快明白了那个球体正在从高空向他站的地方掉下来，周围的人也意识到了这点，人们四散而逃。颜冬也低头跑起来，他在一座座冰雕间七拐八拐，突然间地面被一个巨大的阴影所笼罩，颜冬的头皮一紧，一时间血液仿佛凝固了。但预料的打击并未出现，颜冬发现周围的人也都站住了脚，呆呆地向上仰望着，他也抬头看，看到那个巨大的球体就悬在他们百米左右的上空。它并不是一个完全的球体，似乎在高速飞行中被气流冲击得变了形：向着飞行方向的一半是光滑的球面，另一半则出现了一束巨大的毛刺，使它看上去像一颗剪短了彗尾的彗星。它的体积很大，直径肯定超过了一百米，像悬在半空中的一座小山，使地面上的人产生了一种巨大的压迫感。

急剧下坠的球体在半空中一个急刹后，被它带动的空气仍向下冲来，很快到达地面，激起了一圈飞快扩大的雪尘。据说，当非洲的土著人首次触摸西方人带来的冰块时，总是猛抽回手，惊叫：好烫！在颜冬接触到那团下坠的空气的一刹那，他也产生了这种感觉。而能使在东北的严寒露天的人产生这种感觉，这团空气的温度一定低得惊人。幸亏它很快扩散了，否则地面上的人都会被冻僵，但即使这样，几乎所有的人暴露在外的皮肤都受到了不同程度的冻伤。

颜冬的脸已由于突然出现的严寒而麻木，他抬头仔细观察那个球体表面，那半透明的灰白色物质是他再熟悉不过的东西：冰，这悬在半空中的是一个大冰球。

空气平静下来之后，颜冬吃惊地发现，那半空中巨大冰球的周围居然飘起了雪花，雪花很大，在蓝天的背景前显得异常洁白，并在阳光中闪闪发光。但这些雪花只在距球体表面一定距离内出现，飘出这段距离后立刻消失，以球体为中心形成了一个雪圈，仿佛是雪夜中的一盏街灯照亮了周围的雪花。

"我是一名低温艺术家！"一个清脆的男音从冰球中传出，"我是一名低温艺术家！"

"这个大冰球就是你吗？"颜冬仰头大声问。

"我的形象你们是看不到的，你们看到的冰球是我的冷冻场冻结空气中的水分形成的。"低温艺术家回答说。

"那些雪花是怎么回事？"颜冬又问。

"那是空气中氧和氮的结晶体，还有二氧化碳形成的干冰。"

"你的冷冻场真厉害！"

"当然，就像无数只小手攥紧无数颗小心脏一样，它使其作用范围内所有的分子和原子停止运动。"

"它还能把这个大冰团举在空中吗？"

"那是另一种场了，那是反引力场。你们每人使用的那一套冰雕工具真有趣：有各种形状的小铲和小刀，还有喷水壶和喷灯，有趣！为了制作低温艺术品，我也拥有一套小小的工具，那就是几种力场，种类没有你们的这么多，但也很好使。"

"你也创作冰雕吗？"

"当然，我是低温艺术家，你们的世界很适合进行冰雪造型艺术，我惊讶地发现这个世界早已存在这种艺术，我很高兴地说，我们是同行。"

"你从哪里来？"颜冬旁边的另一位冰雕作者问。

"我来自一个遥远的、你们无法理解的世界，那个世界远不如你们的世界有趣。本来，我只从事艺术，一般不同其他世界交流的，但看到这样一个展览会，看到这么多的同行，我产生了交流的愿望。不过坦率地说，下面这些低温作品中真正称得上是艺术品的并不多。"

"为什么？"有人问。

"过分写实，过分拘泥于形状和细节，当你们明白宇宙除了空间什么都没有，整个现实世界不过是一大堆曲率不同的空间时，就会看到这些作品是何等可笑。不过，嗯，这一件还是有点儿感觉的。"

话音刚落，冰团周围的雪花伸下来细细的一缕，仿佛是沿着一条看不见的漏斗流下来的，这缕雪花从半空中一直伸到颜冬的冰雕作品顶部才消失。颜冬踮起脚尖，试探着向那缕雪花伸出戴着手套的手，在那缕雪花的附近，他的手指又有了那种灼热感，他急忙抽回来，手已经在手套里冻僵了。

"你是指我的作品吗？"颜冬用另一只手揉着冻僵的手说，"我，我没有用传统的方法，也就是用现成的冰块雕刻作品，而是建造了一个由几大块薄膜构成的结构，在这个结构下面长时间地升腾起由沸水产生的蒸汽，蒸汽在薄膜表面冻结，形成一种复杂的结晶体，当这种结晶体达到一定的厚度后，去掉薄膜，就做成了你现在看到的造型。"

"很好，很有感觉，很能体现寒冷之美！这件作品的灵感是来自……"

"来自窗玻璃！不知你是否能理解我的描述：在严冬的凌晨醒来，你蒙眬的睡眼看到窗玻璃上布满了冰晶，它们映着清晨暗蓝色的天光，仿佛是你一夜梦的产物……"

"理解理解，我理解！"低温艺术家周围的雪花欢快地舞动起来，"我的灵感也被激发了，我要创作！我必须创作！！"

"那个方向就是松花江，你可以去取一块冰，或者……"

"什么？你以为我这样的低温艺术家，要从事的是你们这种细菌般可怜的艺术吗？这里没有我需要的冰材！"

地面上的人类冰雕艺术家们都茫然地看着来自星际的低温艺术家，颜冬呆呆地说："那么，你要去……"

"我要去海洋！"

取 冰

一支庞大的机群在五千米空中向海岸线方向飞行，这是有史以来最混杂的一个机群，从体型庞大的波音巨无霸到蚊子似的轻型飞机应有尽有，包括全球各大通讯社派出的采访飞机，还有研究机构和政府派出的观察监视飞机。这乱哄哄的机群紧跟着前面一条短粗的白色航迹飞行着，像一群追赶着牧羊人的羊群。那条航迹是低温艺术家飞行时留下的，它不停地催促后面的飞机快些，为了等它们它不得不忍受这比爬行还慢的速度（对于可随意进行时空跃迁的它，光速已经是爬行了），它不停地抱怨说这会使自己的灵感消失的。

对于后面飞机上的记者们通过无线电喋喋不休的提问，低温艺术家一概懒得回答，他只有兴趣同坐在一架中央电视台租用的运十二上的颜冬谈话，于是到后来记者们都不吱声了，只是专心地听着这一对艺术家同行的对话。

"你的故乡是在银河系之内吗？"颜冬问，这架运十二距离低温艺术家最近，可以看到那个飞行中的冰球在白色航迹的头部时隐时现，这航迹是冰球周围的超低温冷凝大气中的氧氮和二氧化碳形成的，有时飞机不慎进入这滚滚掠过的白雾中，机窗上立刻覆盖了厚厚的一层白霜。

"我的故乡不属于任何恒星系，它处于星系之间广漠的黑暗虚空中。"

"你们的星球一定很冷。"

"我们没有星球，低温文明起源于一团暗物质云中，那个世界确实很冷，生命从接近绝对零度的环境中艰难地取得微小的热量，吮吸着来自遥远星系的每一丝辐射。当低温文明学会走路时，我们便迫不及待地进入银河系这个最近的温暖世界。在这个世界中我们也必须保持低温状态才能生存，于是我们成了温暖世界的低温艺术家。"

"你指的低温艺术就是冰雪造型吗？"

"哦，不不，用远低于一个世界平均温度的低温与这个世界发生作用，以产生艺术效应，这都属于低温艺术。冰雪造型只是适合于你们世界的低温艺术，冰雪的温度在你们的世界属于低温，在暗物质世界就属于高温了；而在恒星世界，熔化的岩浆也属于低温材料。"

"我们之间对艺术美的感觉好像有共同之处。"

"不奇怪，所谓温暖，不过是宇宙诞生后一阵短暂的痉挛所产生的同样短暂的效应，它将像日落后的暮光一样转瞬即逝，能量将消失，只有寒冷永存，寒冷之美才是永恒的美。"

"这么说，宇宙最终将热寂？！"颜冬听到耳机中有人问，事后知道他是坐在后面飞机上的一位理论物理学家。

"不要离题，我们只谈艺术。"低温艺术家冷冷地说。

"下面是海了！"颜冬无意间从舷窗望下去，看到弯曲的海岸线正在下面缓缓移过。

"再向前，我们要到最深的海洋，那里便于取冰。"

"可哪儿有冰啊？"颜冬看着下面广阔的蓝色海面不解地问。

"低温艺术家到哪里，哪里就会有冰。"

低温艺术家又向前飞行了一个多小时，颜冬从飞机上向下看，下面早已是一片汪洋。这时，飞机突然拉升，超重使颜冬两眼一黑。

"天啊，我们差点撞上它！"飞行员大叫，原来低温艺术家突然停下了，后面的飞机都猝不及防地纷纷转向。"妈的，惯性定律对这家伙不起作用，它的速度好像是在瞬间减到零，按理说这样的减速早把冰球扯碎了！"飞行员对颜冬说，同时拨转机头，与别的飞机一起，浩浩荡荡地围绕着悬在空中的冰球盘旋着。静止的冰球又在空气中产生了大量的氧氮雪花，但由于高空中的强风，雪花都被吹向一个方向，像是冰球随风飘舞的白发。

"我要开始创作了！"低温艺术家说，没等颜冬回话，它突然垂直坠落下去，仿佛在空中举着它的那支无形的巨手突然放开了。飞机上的人们看着它以自由落体般的速度越来越快地下落，很快消失在海面蓝色的背景中，只能隐约看到它在空气中拉出的一道雾化痕迹。很快，海面上出现了一团白色的水花，水花消失后有一圈波纹在扩散。

"这个外星人投海自杀了。"飞行员对颜冬说。

"别瞎扯了！"颜冬拖着东北口音白了飞行员一眼，"飞低些，那个冰球很快就要浮起来了！"

但冰球并没有浮出来，在那个位置的海面上出现了一个白点，这白点很快扩大成一个白色的圆形区域。这时飞机的高度已经很低，颜冬仔细观察，发现那白色区域其实是覆盖海面的一层白色雾气。白雾区域急剧扩大，加上飞机在继续降低，很快可以看到的海面全部冒起了白雾。这时颜冬听到了一个声音，像连续的雷声，又像是大地和山脉在断裂，这声音来自海面，盖住了引擎的轰鸣声。飞机贴海飞行，颜冬向下仔细观察白雾下的海面，首先发现海面反射的阳光很完整很柔和，不像刚才那样呈刺目的碎金状；他接着看到海的颜色变深了，海面的波浪变得平滑了，但真正震撼他的是下一个发现：那些波浪是凝固不动的。

"天啊，海冻了！"

"你没疯吧？"飞行员扭头扫了他一眼说。

"你自个儿仔细看看……嗨，我说你怎么还往下降啊？想往冰面上降落？！"

飞行员猛拉操纵杆，颜冬眼前又一黑，听到他说："啊，不，妈的，真邪门儿了……"再看看他，一幅梦游般的表情，"我没下降，那海面，哦不，那冰面，在自己上升！"这时他们听到了低温艺术家的声音：

"你们的飞行器赶快让开，别挡住上升的路，哼，要不是有同行在一架飞行器里，我才不在乎撞着你们呢，我在创作中最讨厌干扰灵感的东西。向西飞向西飞，那面距边缘比较近！"

"边缘？什么的边缘？"颜冬不解地问。

"我采的冰块呀！"

所有的飞机像一群被惊飞的鸟，边爬高边向低温艺术家指引的方向飞去，在它们下面，因温度突降产生的白雾已消失，深蓝色的冰原一望无际。尽管飞机在爬高，但冰原的上升速度更快，所以飞机与冰面的相对高度还是在不断降低，"天啊，地球在追着我们呢！"飞行员惊叫道。渐渐地，飞机又紧贴着冰面飞行了，凝固的暗蓝色波涛从机翼下滚滚而过，飞行员喊道："我们只好在冰面上降落了！我的天，边爬高边降落，这太奇怪了！"

就在这时，运十二飞到了冰块的尽头，一道笔直的边缘从机身下飞速掠过，下面重新出现了波光粼粼的液态海洋。这情形很像航空母舰上的战斗机起飞时，跃出甲板的瞬间所看到的，但后面这艘"航母"有几千米高！颜冬猛回头，看到一道巨大的暗蓝色悬崖正在向后退去，这道悬崖表面极其平整，向两端延伸出去，一时还望不到尽头；悬崖下部与海面相接，可以看到海浪拍打在上面形成的一条白边。但这道白边在颜冬看到它几秒钟后就突然消失了，代之以另一条笔直的边缘——大冰块的底部已离开了海面。

大冰块以更快的速度上升，运十二同时在下降，它的高度很快位于海面和空中的冰块之间。这时颜冬看到了另一个广阔的冰原，与刚才不同的是它在上方，形成了一个极具压抑感的阴暗的天空。

随着大冰块的继续上升，颜冬终于在视觉上证实了低温艺术家的话：这确实是一个大冰块，一大块呈规则长方体的冰，现在，它在空中已经可以完整地看到，这暗蓝色的长方体占据了三分之二的天空，它那平整的表面不时反射着阳光，如同高空的一道道刺目的闪电。在由它构成的巨大的背景前有几架飞机在缓缓爬行，如同在一座摩天大楼边盘旋的小鸟，只有仔细看才能看到。事后，雷达观测数据表明，这是一个长六十千米，宽二十千米，高五千米的扁平长方体。

大冰块继续上升，它在空中的体积渐渐缩小，终于在心理上可以让人接受了。与此同时，它投在海面上巨大的阴影也在移动，露出了海洋上有史以来最恐怖的景象。

颜冬看到，他们飞行在一个狭长的盆地上空，这盆地就是大冰块离开后在海中留下的空间。盆地四周是高达五千米的海水的高山，人类从未见过水能构成这样的结构：它形成了几千米高的悬崖！这液态的悬崖底部翻起百米高的巨浪，上部在不停地崩塌着，悬崖就在崩塌中向前推进，它的表面起伏不定，但总体与海底保持着垂直。随着海水悬崖的推进，盆地在缩小。

这是摩西开红海的反演。

最让颜冬震撼的是，整个过程居然很慢！这显然是尺度的缘故。他见过黄果树瀑布，觉得那水流下落得也很慢，而眼前的这海水悬崖，尺度要比那瀑布大两个数量级，这使得他可以有充足的时间欣赏这旷世奇观。

这时，冰块投下的阴影已全然消失。颜冬抬头一看，冰块看去只有两个满月大小，在天空中已不太显眼了。

随着海水悬崖的推进，盆地已缩成了一道峡谷。紧接着，两道几十千米长、五千米高的海水悬崖迎面相撞，一声沉闷的巨响在海天间久久回荡，冰块在海洋中留下的空间完全消失了。

"我们不是在做梦吧?"颜冬自语道。

"是梦就好了,你看!"飞行员指指下面,在两道悬崖相撞之处,海面并未平静,而是出现了两道与悬崖同样长的波带,仿佛是已经消失的两道海水悬崖在海面的化身,它们分别向着相反的方向分离开来。从高空看去波带并没有惊人之处,但仔细目测可知它们的高度都超过了两百米,如果近看,肯定像两道移动的山脉。

"海啸?"颜冬问。

"是的,可能是有史以来最大的。海岸要遭殃了。"

颜冬再抬头看,蓝天上,冰块已看不到了。据雷达观测,它已成为地球的一颗冰卫星。

在这一天,低温艺术家以同样的方式又从太平洋中取走了上百块同样大小的冰块,把它们送入绕地球运行的轨道。

这天,在处于夜晚的半球,每隔两三个小时就可以看到一群闪烁的亮点横贯夜空,从天际飞过。与背景上的星星不同的是,如果仔细看,每个亮点都可以看出形状,那是一个个小长方体,它们都在以不同的姿势自转着,使它们反射的阳光以不同的频率闪动。人们想了很久也不知如何形容这些太空中的小东西,最后还是一名记者的比喻得到了认可:

"这是宇宙巨人撒出的一把水晶骨牌。"

两名艺术家的对话

"我们应该好好谈谈了。"颜冬说。

"我约你来就是为了谈谈，但我们只谈艺术。"低温艺术家说。

颜冬此时正站在一个悬浮于五千米空中的大冰块上，是低温艺术家请他到这里来的。现在，送他上来的直升机就停在旁边的冰面上，旋翼还转动着，随时准备起飞。四周是一望无际的冰原，冰面反射着耀眼的阳光，向脚下看看，蓝色的冰层深不见底。在这个高度上晴空万里，风很大。

这是低温艺术家已从海洋中取走的五千块大冰中的一块，在这之前的五天里，它以平均每天一千块的速度从海洋中取冰，并把冰块送到地球轨道上去。在太平洋和大西洋的不同位置，一块块巨冰在海中被冻结后升上天空，成为夜空中那越来越多的亮闪闪的"宇宙骨牌"中的一块。世界沿海的各大城市都受到了海啸的袭击，但随着时间的推移，这种灾难渐渐减少了，原因很简单：海面在降低。

地球的海洋，正在变成围绕地球运行的冰块。

颜冬用脚跺了跺坚硬的冰面说："这么大的冰块，你是如何在瞬间把它冻结，如何使它成为一个整体而不破碎，又用什么力量把它送到太空轨道上去？这一切远超出了我们的理解和想象。"

低温艺术家说："这有什么，我们在创作中还常常熄灭恒星呢！不是说好了只谈艺术吗？我这样制作艺术品，与你用小刀铲制作冰雕，从艺术角度看没什么太大的区别。"

"那些轨道中的冰块暴露在太空强烈的阳光中时，为什么不溶化呢？"

"我在每个冰块的表面覆盖了一层极薄的透明滤光膜，这种膜只允许不发热频段的冷光进入冰块，发热频段的光线都被反射，所以冰块保持不化。这是我最后一次回答你这类问题了，我停下工作来，不是为了谈这些无聊的事，下面我们只谈艺术，要不你就走吧，我们不再是同行和朋友了。"

"那么，你最后打算从海洋中取多少冰呢？这总和艺术创作有关吧！"

"当然是有多少取多少，我向你谈过自己的构思，要完美地表达这个构思，地球上的海洋还是不够的，我曾打算从木星的卫星上取冰，但太麻烦了，就这么将就吧。"

颜冬整理了一下被风吹乱的头发，高空的寒冷使他有些颤抖，他问："艺术对你很重要吗？"

"是一切。"

"可……生活中还有别的东西，比如，我们还需为生存而劳作。我就是长春光机所的一名工程师，业余时间才能从事艺术。"

低温艺术家的声音从冰原深处传了上来，冰面的振动使颜冬的脚心有些痒痒："生存，咄咄，它只是文明的婴儿时期要换的尿布，以后，它就像呼吸一样轻而易举了，以至于我们忘了有那么一个时代竟需要花精力去维持生存。"

"那社会生活和政治呢？"

"个体的存在也是婴儿文明的麻烦事，以后个体将融入主体，也就没有什么社会和政治了。"

"那科学，总有科学吧？文明不需要认识宇宙吗？"

"那也是婴儿文明的课程，当探索进行到一定程度，一切将纤毫毕现，你会发现宇宙是那么简单，科学也就没必要了。"

"只剩下艺术？"

"只剩艺术，艺术是文明存在的唯一理由。"

"可我们还有其他的理由，我们要生存，下面这颗行星上有几十亿人和更多的其他物种要生存，而你要把我们的海洋弄干，让这颗生命行星变成死亡的沙漠，让我们全渴死！"

从冰原深处传出一阵笑声，又让颜冬的脚痒起来，"同行，你看，我在创作灵感汹涌澎湃的时候停下来同你谈艺术，可每次，你都和我扯这些鸡毛蒜皮的事，真让我失望，你应该感到羞耻！你走吧，我要工作了。"

"× 你祖宗！"颜冬终于失去了耐心，用东北话破口大骂起来。

"是句脏话吗？"低温艺术家平静地问，"我们的物种是同一个体一直成长进化下去的，没有祖宗。再说，你对同行怎么这样，嘻嘻，我知道，你忌妒我，你没有我的力量，你只能搞细菌的艺术。"

"可你刚才说过，我们的艺术只是工具不同，没有本质的区别。"

"可我现在改变看法了，我原以为自己遇到了一位真正的艺家，可原来是一个平庸的可怜虫，成天喋喋不休地谈论诸如海洋干了呀生态灭绝呀之类与艺术无关的小事，太琐碎太琐碎。我告诉你，艺术家不能这样。"

"还是 × 你祖宗！！"

"随你便吧，我要工作了，你走吧。"

这时，颜冬感到一阵超重，使他一屁股跌坐在光滑的冰面上，同时，一股强风从头顶上吹下来，他知道冰块又继续上升了。他连滚带爬地钻进直升机，直升机艰难地起飞，从最近的边缘飞离冰块，险些在冰块上升时产生的龙卷风中坠毁。

人类与低温艺术家的交流彻底失败了。

梦之海

颜冬站在一个白色的世界中，脚下的土地和周围的山脉都披上了银装，那些山脉高大险峻，使他感到仿佛置身于冰雪覆盖的喜马拉雅山中。事实上，这里与那里相反，是地球上最低的地方，这是马里亚纳海沟，昔日太平洋最深的海底。覆盖这里的白色物质并非积雪，而是以盐为主的海水中的矿物质，当海水被冻结后，这些矿物质就析出并沉积在海底，这些白色的沉积盐层最厚的地方可达百米。

在过去的二百天中，地球上的海洋已被低温艺术家用光了，连南极和格棱兰岛的冰川都被洗劫一空。

现在，低温艺术家邀请颜冬来参加他的艺术品最后完成的仪式。

前方的山谷中有一片蓝色的水面，那蓝色很纯很深，在雪白的群峰间显得格外动人。这是地球上最后的海洋了，它的面积大约相当于滇池大小，早已没有了海洋那广阔的万顷波涛，表面只是荡起静静的微波，像深山中一个幽静的湖泊。有三条河流汇入了这最后的海洋，这是在干涸的辽阔海底长途跋涉后幸存下来的大河，是地球上有史以来最长的河，到达这里时已变成细细的小溪了。

颜冬走到海边，在白色的海滩上把手伸进轻轻波动着的海水，由于水中的盐分已经饱和，海面上的波浪显得有些沉重，而颜冬的手在被微风吹干后，析出了一层白色的盐末。

空中传来一阵颜冬熟悉的尖啸声，这声音是低温艺术家向下滑落时冲击空气发出的。颜冬很快在空中看到了它，它的外形仍是一个冰球，但由于直接从太空返回这里，在大气中飞行的距离不长，球的体积比第一次出现时小了许多。这之前，在冰块进入轨道后，人们总是用各种手段观察离开冰块时的低温艺术家，但什么也没看到，只有它进入大气层后，那个不断增大的冰球才能标识它的存在和位置。

低温艺术家没有向颜冬打招呼，冰球在这最后海洋的中心垂直坠入水面，激起了高高的水柱。然后又出现了那熟悉的一幕：一圈冒出白雾的区域从坠落点飞快扩散，很快白雾盖住了整个海面；然后是海水快速冻结时发出的那种像断裂声的巨响；再往后白雾消散，露出了凝固的海面。与以往不同的是，这次整个海洋都被冻结了，没有留下一滴液态的水；海面也没有凝固的波浪，而是平滑如镜。在整个冻结过程中，颜冬都感到寒气扑面。

接着，已冻结的最后的海洋被整体提离了地面，开始只是小心地升到距地面几厘米处，颜冬看到前面冰面的边缘与白色盐滩之间出现了一条黑色的长缝，空气涌进长缝，去填补这刚刚出现的空间，形成一股紧贴地面的疾风，被吹动的盐尘埋住了颜冬的脚。提升速度加快，最后的海洋转眼间升到半空中，如此巨大体积的物体快速上升在地面产生了强烈的气流扰动，一股股旋风卷起盐尘，在峡谷中形成一道道白色的尘柱。颜冬吐出飞进嘴里的盐末，那味道不是他想象的咸，而是一种难言的苦涩，正如人类面临的现实。

最后的海洋不再是规则的长方体，它的底部精确地模印着昔日海洋最深处的地形。颜冬注视着最后的海洋上升，直到它变成一个小亮点融入浩荡的冰环中。

冰环大约相当于银河的宽度，由东向西横贯长空。与天王星和海王星的环不同，冰环的表面不是垂直而是平行于地球球面，这使它在空中呈现为一条宽阔的光带。这光带由二十万块巨冰组成，环绕地球一周。在地面可以清楚地分辨出每个冰块，并能看出它的形状，这些冰块有的自转有的静止，这二十万个闪动或不闪动的光点构成了一条壮丽的天河，这天河在地球的天空中庄严地流动着。

在一天的不同时段，冰环的光和色都进行着丰富的变幻。

清晨和黄昏是它色彩最丰富的时段，这时冰环的色彩由地平线处的橘红渐变为深红，再变为碧绿和深蓝，如一条宇宙彩虹。

在白天，冰环在蓝天上呈耀眼的银色，像一条流过蓝色平原的钻石大河。白天冰环最壮观的景象是环食，即冰环挡住太阳的时刻，这时大量冰块折射的阳光，使天空中出现一种奇伟瑰丽的焰火表演。依太阳被冰环挡住的时间长短，分为交叉食和平行食。所谓平行食，是太阳沿着冰环走过一段距离，每年还有一次全平行食，这天太阳从升起到落下，沿着冰环走完它在天空中的全部路程。这一天，冰环仿佛是一条撒在太空中的银色火药带，在日出时被点燃，那璀璨的火球疯狂燃烧着越过长空，在西边落下，其壮丽至极，已很难用语言表达。正如有人惊叹："这一天，上帝从空中蹚过。"

然而冰环最迷人的时刻还是夜晚，它发出的光芒比满月亮一倍，这银色的光芒撒满大地。这时，仿佛全宇宙的星星都排成密集的队列，在夜空中庄严地行进，与银河不同，这条浩荡的星河中可以清楚地分辨出每个长方体的星星。这密密麻麻的星星中有一半在闪耀，这十万颗闪动的星星在星河中构成涌动的波纹，仿佛宇宙的大风吹拂着河面，使整条星河变成了一个有灵性的整体……

在一阵尖啸声中，低温艺术家最后一次从太空返回地面，悬在颜冬上空，一圈纷飞的雪花立刻裹住了它。

"我完成了，你觉得怎么样。"它问。

颜冬沉默良久，只说出了两个字："服了。"

他真的服了，这之前，他曾连续三天三夜仰望着冰环，不吃不喝，直到虚脱。能起床后他又到外面去仰望冰环，他觉得永远也看不够。在冰环下，他时而迷乱，时而沉浸于一种莫名的幸福之中，这是艺术家找到终极之美时的幸福，他被这宏大的美完全征服了，整个灵魂都融化其中。

"作为一个艺术家，能看到这样的创造，你还有他求吗？"低温艺术家又问。

"我真无他求了。"颜冬由衷地回答。

"不过嘛，你也就是看看，你肯定创造不出这种美，你太琐碎。"

"是啊，我太琐碎，我们太琐碎，有啥法子？都有自己和老婆孩子要养活啊。"

颜冬坐到盐地上，把头埋在双臂间，沉浸在悲哀之中。这是一个艺术家在看到自己永远无法创造的美时，在感觉到自己永远无法超越的界限时，产生的最深的悲哀。

"那么，我们一起给这件作品起个名字吧，叫——梦之环，如何？"

颜冬想了一会，缓缓地摇了摇头："不好，它来自海洋，或者说是海洋的升华，我们做梦也想不到海洋还具有这种形态的美，就叫——梦之海吧。"

"梦之海……很好很好，就叫这个名字，梦之海。"

这时颜冬想起了自己的使命："我想问，你在离开前，能不能把梦之海再恢复成我们的现实之海呢？"

"让我亲自毁掉自己的作品，笑话！"

"那么，你走后，我们是否能自己恢复呢？"

"当然可以，把这些冰块送回去不就行了？"

"怎么送呢？"颜冬抬头问，全人类都在竖起耳朵听。

"我怎么知道。"低温艺术家淡淡地说。

"最后一个问题：作为同行，我们都知道冰雪艺术品是短命的，那么梦之海……"

"梦之海也是短命的，冰块表面的滤光膜会老化，不再能够阻拦热光。但它消失的过程与你的冰雕完全不同，这过程要剧烈和壮观得多：冰块汽化，压力使薄膜炸开，每个冰块变成一个小彗星，整个冰环将弥漫着银色的雾气，然后梦之海将消失在银雾中，然后银雾也扩散到太空消失了，宇宙只能期待着我在遥远的另一个世界的下一个作品。"

"这将在多长时间后发生？"颜冬声音有些发颤。

"滤光膜失效，用你们的计时，嗯，大约二十年吧。嗨，怎么又谈起艺术之外的事了？琐碎！琐碎！好了同行，永别了，好好欣赏我留给你们的美吧！"

冰球急速上升，很快消失在空中。据世界各大天文机构观测，冰球沿垂直于黄道面的方向急速飞去，在其加速到光速一半时，突然消失在距太阳13个天文单位的太空中，好像钻进了一个看不见的洞，以后它再也没回来。

下篇

纪念碑和导光管

干旱已持续了五年。

焦黄的大地从车窗外掠过，时值盛夏，大地上没有一点绿色，树木全部枯死，裂纹如黑色的蛛网覆盖着大地，干热风扬起的黄沙不时遮盖了这一切。有好几次，颜冬确信他看到了铁路边被渴死的人的尸体，但那些尸体看上去像是旁边枯死的大树上掉下的一根根干树枝，倒没什么恐怖感。这严酷的干旱世界与天空中银色的梦之海形成鲜明的对比。

颜冬舔了舔干裂的嘴唇，一直舍不得喝自己带的那壶水，那是他全家四天的配给，是妻子在火车站硬让他带上的。昨天单位里的职工闹事，坚决要求用水来发工资，市场上非配给的水越来越少，有钱也买不到了……这时有人拍了拍他的肩膀，扭头一看是邻座。

"你就是那个外星人的同行吧？"

自从成为人类与低温艺术家沟通的信使，颜冬就成了名人。开始他是一位正面角色和英雄，可是低温艺术家走后情况就发生了变化，有种说法，说是他在冰雪艺术节上激发了低温艺术家的灵感，否则什么事都不会发生。大多数人都知道这是无稽之谈，但有个发泄怨气的对象总是好事，所以到现在，他在人们的眼中简直成了外星人的同谋。好在后来有更多的事要操心，人们渐渐把他忘了。但这次他虽戴着墨镜，还是被认了出来。

"你请我喝水！"那人沙哑地说，嘴唇上有两小片干皮屑掉了下来。

"干什么，你想抢劫？"

"放聪明点儿，不然我要喊了！"

颜冬只好把水壶递给他，这家伙一口气喝了个底朝天，旁边的人惊异地看着他，从过道上路过的列车员也站住呆呆地看了他半天，他们不敢相信竟有人这么奢侈，这就像有海时（人们对低温艺术家到来之前的时代的称呼）看着一个富豪一人吃一顿价值十万元的盛宴一样。

那人把空水壶还给颜冬，又拍拍他的肩膀低声说："没关系的，很快就都结束了。"

颜冬明白他这话的含义。

首都的街道上已很少有汽车，罕见的汽车也是改装后的气冷式，传统的水冷式汽车已经严格禁止使用了。幸亏世界危机组织中国分部派了辆车来接他，否则他绝对到不了危机组织的办公大楼的。一路上，他看到街道都被沙尘暴带来的黄尘所覆盖，见不到几个行人，缺水的人在这干热风中行走是十分危险的。

世界像一条离开水的鱼，已经奄奄一息了。

到了危机组织办公大楼后，颜冬首先去找组织的负责人报到，负责人带着他来到一间很大的办公室，告诉他这就是他将要工作的机构。颜冬看看办公室的门，与其他的办公室不同，这扇门上没有标牌，负责人说：

"这是一个秘密机构，这里所有的工作严格保密，以免引起社会动乱，这个机构的名称叫纪念碑部。"

走进办公室，颜冬发现这里的人都有些古怪：有的人头发太长，有的人没有头发；有的人的穿着在这个艰难时代显得过分整洁，有的人除了短裤外什么都没穿；有的人神色忧郁，有的人兴奋异常……中间的长桌上放着许多奇形怪状的模型，看不出是干什么用的。

"欢迎您，冰雕艺术家先生！"在听完负责人的介绍后，纪念碑部的部长热情地向颜冬伸出手来，"您终于有机会把您从外星人那里得到的灵感发挥出来，当然，这次不能用冰为材料，我们要创作的，是一件需要永久保存的作品。"

"这是在干什么？"颜冬不解地问。

部长看看负责人又看看颜冬，说："您还不知道？我们要建立人类纪念碑！"

颜冬显得更加茫然了。

"就是人类的墓碑。"旁边一位艺术家说，这人头发很长，衣衫破烂，一副颓废派模样，一手拿着一瓶二锅头喝得很有些醉意，这东西是有海时剩下的，现在比水便宜多了。

颜冬向四周看看说："可……我们还没死啊。"

"等死了就晚了，"负责人说，"我们应该做最坏的打算，现在是考虑这事的时候了。"

部长点点头说："这是人类最后的艺术创作，也是最伟大的创作，作为一名艺术家，还有什么比参加这一创作更幸福的呢？"

"其实都他妈多……多余！"长发艺术家挥着酒瓶说："墓碑是供后人凭吊的，没有后人了，还立个鸟碑？"

"注意名称，是纪念碑！"部长严肃地更正道，然后笑着对颜冬说："虽这么说，可他提出的创意还是不错的：他提议全世界每人拿出一颗牙齿，用这些牙齿可以建造一座巨碑，每个牙齿上刻一个字，足以把人类文明最详细的历史都刻上了。"他指指一个看上去像白色金字塔的模型。

"这是对人类的亵渎！"另一位光头艺术家喊道，"人类的价值在于其大脑，他却要用牙齿来纪念！"

长发艺术家又抢起瓶子灌了一口："牙……牙齿容易保存！"

"可大部分人都还活着！"颜冬又严肃在重复一遍。

"但还能活多久呢？"长发艺术家说，一谈到这个话题，他的口齿又利落了，"天上滴水不下，江河干涸，农业全面绝收已经三年了，百分之九十的工业已经停产，剩下的粮食和水，还能维持多长时间？"

"这群废物，"秃头艺术家指着负责人说："忙活了五年时间，到现在一块冰也没能从天上弄下来！"

对秃头艺术家的指责，负责人只是付之一笑："事情没有那么简单。以人类现有的技术，从轨道上迫降一块冰并不难，迫降一百甚至上千块冰也能做到，但要把在太空中绕地球运行的二十万块冰全部迫降，那完全是另一回事了。如果用传统手段，用火箭发动机减速冰块使其返回大气层，就需制造大量可重复使用的超大功率发动机，并将它们送入太空，这是一个巨大的技术工程，以人类目前的技术水平和资源贮备，有许多不可克服的障碍。比如说，要想拯救地球的生态系统，如果从现在开始，需要在四年时间里迫降一半冰块，这样平均每年就要迫降两万五千块冰，它所需要的火箭燃料在重量上比有海时人类一年消耗的汽油还多！可那不是汽油，那是液氢液氧和四氧化二氮、偏二甲肼之类，制造它们所消耗的能量和资源，是生产汽油的上百倍，仅此一项，就使整个计划成为不可能。"

长发艺术家点点头："所以说末日不远了。"

负责人说："不，不是这样，我们还可以采取许多非传统非常规方法，希望还是有的，但在我们努力的同时，也要做最坏的打算。"

"我就是为这个来的。"颜冬说。

"为最坏的打算？"长发艺术家问。

"不，为希望。"他转向负责人，"不管你们召我来干什么，我来有自己的目的。"他说着指了指自己带的那体积很大的行囊，"请带我到海洋回收部去。"

"你去回收部能干什么？那里可都是科学家和工程师！"秃头艺术家惊奇地问。

"我从事应用光学研究，职称是研究员，除了与你们一样做梦外，我还能干些更实际的事。"颜冬扫了一眼周围的艺术家说。

在颜冬的坚持下，负责人带他来到了海洋回收部。这里的气氛与纪念碑部截然不同，每个人都在电脑前紧张地工作着。办公室的正中央放着一台可以随意取水的饮水机，这简直是国王的待遇，不过想想这些人身上集中了人类的全部希望，也就不奇怪了。

见到海洋回收部的总工程师后，颜冬对他说："我带来了一个回收冰块的方案。"说着他打开背包，拿出了一根白色的长管子，管子有手臂粗，接着他又拿出一个约一米长的圆筒。颜冬走到一个向阳的窗前，把圆筒伸到窗外摆弄着，那圆筒像伞一样撑开，"伞"的凹面镀着镜面膜，使它成为一个类似于太阳灶的抛物面反射镜。接着，颜冬把那根管子从反射镜底部的一个小圆洞中穿过去，然后调节镜面的方向，使它把阳光聚焦到伸出的管子的端部。立刻，管子的另一端把一个刺眼的光斑投到室内的地板上，由于管子平放在地上，那个光斑呈长椭圆形。

颜冬说："这是用最新的光导纤维做成的导光管，在导光时衰减很小。当然，实际系统的尺寸比这要大得多，在太空中，只要用一面直径二十米左右的抛物面反射镜，就可以在导光管的另一端得到一个温度达三千度以上的光斑。"

颜冬向周围看看，他的演示并没有产生预期的效果，那些工程师们扭头朝这边看看，又都继续专注于自己的电脑屏幕不再理会他了。直到那光斑使防静电地板冒出了一股青烟，才有最近的一个人走了过来，说："干什么，还嫌这儿不热？"同时把导光管轻轻向后一拉，使采光的一端脱离了反射镜的焦距，地板上的光斑虽然还在，但立刻变暗了许多，失去了热度。颜冬惊奇地发现，这人摆弄这东西很在行。

总工程师指指导光管说："把这些东西收起来，喝点水吧。听说你是坐火车来的，从长春到这儿的火车居然还开？你一定渴坏了。"

颜冬急着想解释自己的发明，但他确实渴坏了，冒烟的嗓子可说不出话来。

"不错，这确实是目前最可行的方案。"总工程师递给颜冬一杯水。

颜冬一口气喝光了那杯水，呆呆地望着总工程师问："您是说，已经有人想到了？"

总工程师笑着说："与外星人相处，使你低估人类的智力了。其实，在低温艺术家把第一块冰送到轨道上时，这个方案就已经有很多人想到了。后来又有了许多变种，比如用太阳能电池板代替反射镜，用电线和电热丝代替导光管，其优点是设备容易制造和运送，缺点是效率不如导光管方案高。现在，对它的研究已进行了五年，技术上已经成熟，所需的设备也大部分制造出来了。"

"那为什么还不实施？"

旁边的一名工程师说："这个方案，将使地球海洋失去百分之二十一的水，这部分水或变成推进蒸汽散失了，或在再次进入大气时被高温离解。"

总工程师扭头对那名工程师说："你们可能还不知道，美国人最新的计算机模拟表明，在电离层之下，再入时高温离解产生的氢气会立刻同周围的氧再化合形成水，所以高温离解的损失以前被高估了，总损失率估计为百分之十八，"他又转发向颜冬，"但这个比例也够高的了。"

"那你们有把太空中的水全部取回来的方案吗？"

总工程师摇摇头，"唯一的可能是用核聚变发动机，但目前我们在地面上都得不到可控的核聚变。"

"那为什么还不快些行动呢？要知道，犹豫不决的话地球会失去百分之百的水的。"

总工程师坚定地点点头："所以，在长时间的犹豫之后我们决定行动了，很快，地球将为生存决一死战。"

回收海洋

颜冬加入了海洋回收部，负责对已生产出的导光管进行验收的工作，这虽不是核心岗位，也使他感到很充实。

在颜冬到达首都一个月后，人类回收海洋的工程开始了。

在短短的一个星期内，从全球各大发射基地，有八百枚大型运载火箭发射升空，把五万吨荷载送入地球轨道。然后，从北美的发射基地，二十架航天飞机向太空运送了三百名宇航员。由于沿同一航线频繁发射，在各基地上空形成了一道长久不散的火箭尾迹，从轨道上看，仿佛是从各大陆向太空牵了几根蛛丝。

这批发射，把人类在太空的活动规模提高了一个数量级，但所使用的技术仍是二十世纪初的。这使人们意识到，在现有的条件下，如果全世界齐心协力孤注一掷干一件事，会取得怎样的成就。

在直播的电视中，颜冬同所有人一起目睹了在第一个冰块上安装减速推进系统的过程。

为了降低难度，首批迫降的冰块都是不自转的。三名宇航员降落在这样一个冰块上，他们携带着如下装备：一辆形状如炮弹，能够在冰块中钻进的钻孔车、三根导光管、一根喷射管、三个折叠起来的抛物面反射镜。只有这时才能感觉到冰块的巨大，他们三人仿佛是降落在一个小小的水晶星球上，在太空中强烈的阳光下，脚下的冰的大地似乎深不可测。在黑色的天空上，远远近近悬浮着无数个这样的水晶星球，有些还在自转着。周围那些自转或不自转的冰块反射和折射着阳光，在三名宇宙员站立的冰面上，不停地进行着令人目眩的光与影的变幻。向远处看，冰环中的冰块看去越来越小，密度却越来越大，渐渐缩成一条致密的银带弯向地球的另一面。距离最近的一个冰块与他们所在的这块间距只有三千米，以它的短轴为轴自转着，在他们眼中这种自转有一种摄人心魄的气势，仿佛三只小蚂蚁看着一幢水晶摩天大楼一次次倒塌下来。这两个冰块在一段时间后将会因引力而相撞，结果将使滤光膜破裂，冰块解体，破碎后的冰块将很快在阳光下蒸发消失。这种相撞在冰环中已发生了两次，这也是首先迫降这块冰的原因。

操作开始后，一名宇航员启动了那辆钻孔车，钻头车首旋转起来，冰屑呈锥状向外飞溅，在阳光下闪闪发光。钻孔车钻破了冰面那层看不见的滤光膜，像一枚被拧进去的螺丝一样钻进了冰面，在后面留下了一个圆形的钻洞。随着钻洞向冰层深处延伸，在冰层中隐约可以看到一条不断延长的白线。到达预定深度后，钻孔车转向，沿另一个方向驶出冰面，这就形成了另一条钻洞。最后，共向冰块深处打了四条钻洞，它们都相交于冰层深处的一点。接下来，宇航员们把三根导光管插入三个钻洞，再把一根喷射管插入直径较大的第四条钻洞，喷射管的喷口正对着冰块运行的方向。然后，宇航员用一根细管向导光管、喷射管与洞壁之间填充某种速凝液体，使其形成良好的密封。最后，他们张开了抛物面反射镜。如果说回收海洋的最初阶段采用了什么最新技术的话，那就是这些反射镜了。它们是纳米科技创造的奇迹，在折叠起来时只有一立方米大小，但张开后形成一面直径达五百米巨型反射镜。这三面反射镜，像冰块上生长的三片银色的荷叶。宇航员们调整导光管的伸出端，使其受光端头与反射镜的焦点重合。

在冰层深处三条钻洞的交点，出现了一个明亮的光点，它像一个小太阳，照亮了大冰块中神话般的奇景：银色的鱼群、随波浪舞动的海草……这一切在瞬间冻结时都保持着栩栩如生的姿态，甚至连鱼嘴中吐出的串串小气泡都清晰可见。在距此一百多千米的另一个也在回收中的冰块里，导光管导入冰层深处的阳光照出了一个巨大的黑影，那是一条长达二十多米的蓝鲸！这就是人类昔日的海洋。

蒸汽使冰层深处的光点很快模糊了，在蒸汽散射下，变成了一个白色光球，随着被融化的冰体积的增加，光球渐渐膨胀。当压力达到预定值后，喷射管喷嘴上的盖板被冲开了，一股汹涌的蒸汽流急速喷出；由于没有阻力，它呈一个尖尖的锥形向远方扩散，最后在阳光中淡化消失了；还有一部分蒸汽进入了另一个冰块的阴影，被冷凝成冰晶，仿佛是一大群在阴影中闪闪发光的萤火虫。

首批一百个冰块上的减速推进系统启动了，由于冰块质量巨大，系统产生的推力相对来说很小，所以它们须运行少则十五天、多则一个月的时间，才能使冰块减速到坠入大气层的速度。在坠落之前，宇航员们将再次登上冰块，取回导光管和反射镜。要全部迫降二十万个冰块，这些设备应尽可能多地重复使用。

以后对自转的冰块的回收操作要复杂许多，推进系统将首先刹住其自转，再进行减速。

冰流星

颜冬与危机委员会的人们一起来到太平洋中部的平原上，观看第一批冰流星坠落。

昔日的洋底平原一片雪白，反射着强烈的阳光，不戴墨镜是睁不开眼的。但这并没有使颜冬想起自己的东北故乡的雪原，因为这里是地狱般炎热，地面气温接近 50 摄氏度，热风吹起盐尘，打得脸生疼。在远处，有一艘十万吨油轮，那巨大的船体斜立在地面，下面那有几层楼高的螺旋桨和舵上覆满了盐层。再看看更远处连绵的白色群山，那是人类从未见过的海底山脉，颜冬的脑海中顿时涌出两句诗：

　　"大海是船儿的陆地，黑夜是爱情的白天。"

　　他苦笑了一下。经历了这样的灾难，还摆脱不了艺术家的思维。

　　一阵欢呼声响起，颜冬抬头向人们所指的方向望去，看到在横贯长空的银色冰环中，出现了一个红色的亮点。这亮点漂出了冰环，膨胀成一个火球，火球的后面拖着一条白色的尾迹，这水蒸气尾迹越来越长、越来越粗，其色彩也更浓更白。很快，火球分裂成了数十块，每一块又继续分裂，每一小块都拖着长长的白尾，这一片白色的尾迹覆盖了半个天空，似乎是一棵白色的圣诞树，每根树枝的枝头都挂着一盏亮闪闪的小灯……

　　更多的冰流星出现了，超音速音爆传到地面，像滚滚的春雷。天空中旧的水蒸气尾迹在渐渐淡化，新的尾迹不断出现，使天空被一张错综复杂的白色巨网所覆盖，现在，已有几万亿吨的水重新属于地球了。

　　大部分冰流星都在空中分裂汽化了，但有也有一个较大的碎冰块直接坠落到地面，坠落点距离颜冬所在的地方约四十千米，海底平原在一声巨响中震动不已，在远处的山脉间腾起一团顶天立地的白色蘑菇云，这大团的水蒸气在阳光下发出耀眼的白光，并随风渐渐扩散，变为天空中的第一片云层。后来，云多了起来，第一次挡住了炙烤大地五年的烈日，并盖满了整个天空，颜冬感到一阵沁人心肺的凉爽。

后来，云层变黑变厚，其中红光闪闪，不知是闪电，还是仍在不断坠落的冰流星的光芒。

下雨了！这是即使在有海时也罕见的大暴雨，颜冬和其他人在雨中欢呼狂奔，他们觉得灵魂都在这雨中融化了。但后来大家只好都躲回车内或直升机里，因为这时人在雨地中会窒息。

雨一直下到黄昏才停，海底平原上出现了许多水洼，在从云缝中露出的夕阳下闪着金光，仿佛大地的一只只刚睁开的眼睛。

颜冬随着人群，踏着黏稠的盐浆，跑到最近的水洼前。他捧起一捧水，把那沉甸甸的饱和盐水撒到自己的脸上，任它和泪水一同流下，哽咽着说：

"海啊，我们的海啊……"

尾　声

十年以后。

颜冬走上了冰封的松花江江面，他裹着一件破大衣，旅行袋中放着那套保存了十五年的工具：几把形状各异的刀铲、一个锤子、一只喷水壶。他跺跺脚，证实江面确实冻住了。松花江早在五年前就有了水，但这是第一次封冻，而且是在夏天封冻。由于干旱少雨，同时大量的冰流星把其引力势能在大气层中转化为热能，全球气候一直炎热无比。但在海洋回收的最后阶段，最大体积的冰块被迫降，这些冰块分裂后的碎块也较大，大多直接撞击地面。除了几座城市被摧毁外，撞击激起的尘埃挡住了太阳的热量，使全球气温骤降，地球进入了新的冰期。

颜冬抬头看看夜空，这是他童年时看到的星空，冰环已经消失，只有从快速的运动中才能把太空中残余的少量小冰块与群星的背景区分开来。梦之海又变回现实的海，这件宏伟的艺术品，其绝美与噩梦一起永远铭刻在人类的记忆中。

虽然回收海洋的工程已经结束，但以后的全球气候肯定仍是极其恶劣的，生态还要很长时间才能恢复。在可以看到的未来，人类的生活将是十分艰难的。但至少可以活下去了，这使所有的人感到了满足，确实，冰环时代使人类学会了满足，但人类还学会了更重要的东西。现在，世界危机组织改名为太空取水组织，另一个宏大的工程正在计划中：人类打算飞向遥远的类木行星，把木星卫星上和土星光环中的水取回地球，以弥补地球在海洋回收过程中失去的百分之十八的水。人们首先打算用已经掌握的冰块驱动技术，驱动土星光环中的冰块驶向地球，当然，在那样遥远的距离上，阳光已很微弱，只有用核聚变来汽化冰块核心以得到所需的推力了。至于木星卫星上的水，要用更复杂和庞大的技术才能取得，已经有人提出把整个木卫二从木星的引力巨掌中拉出来，使其驶向地球，成为地球的第二个卫星。这样，地球上能得到的水已多于百分之十八，这可以使地球的生态系统变得天堂般美好。当然，这都是遥远未来的事，活着的人谁都没有希望看到它实现，但这希望，使人们在艰难的生活中感到了前所未有的幸福，这是人类从冰环时代得到的最大财富：回收梦之海使人类看到了自己的力量，教会了他们做以前从不敢做的梦。

颜冬看到远处的冰面上聚着一小堆人，他一滑一滑地走了过去，那些人看到他后都向他跑来，有人摔了一跤后爬起来接着跑。

"哈哈，老伙计！"跑在最前面的人同颜冬热情拥抱，颜冬认出来了，他就是冰环时代之前好几届冰雪艺术节的冰雕组评委之一。颜冬曾发誓不再同这些评委说话，因为上一届艺术节上的冰雕特等奖，显然是基于那个妙龄女作者的脸蛋和身段而不是基于她的作品。接着，他又认出了其他几个人，大都是冰环时代之前的冰雕作者，同这个时代的所有人一样，他们穿着破烂，苦难和岁月已把他们中许多人的双鬓染白。现在，颜冬有流浪多年后回家的感觉。

"听说，冰雪艺术节又恢复了？"他问。

"当然，要不咱们到这儿来干什么？"

"我寻思着，日子这么难……"颜冬裹紧了破大衣，在寒风中发抖，不停地跺着冻得麻木的脚，其他人也同他一样，哆嗦着，跺着脚，像一群乞丐难民。

"咄，日子难怎么了，日子难不能不要艺术啊，对不对？"一位老冰雕家上下牙打着架说。

"艺术是文明存在的唯一理由！"另一个人说。

"去他妈的，老子存在的理由多了！"颜冬大声说，众人都大笑起来。

然后大家都沉默了，他们回顾着这十几年的艰难岁月，他们挨个数着自己存在的理由，最后，他们重新把自己从一群大灾难的幸存者变回为艺术家。

颜冬掏出了一瓶二锅头,大家你一口我一口传着喝了暖暖身子。然后他们在空旷的江岸上生起一堆火,在火上烘烤一把油锯,直到它能在严寒中启动。大家走到江面上,油锯哗哗做响地切入冰面,雪白的冰屑四下飞溅,很快,他们从松花江上取出了第一块晶莹的方冰。

· 思想实验室

1. 低温艺术家说,艺术是文明存在的唯一理由。颜冬最后说:"老子存在的理由多了。"关于生命或是文明存在的理由,谈谈你的看法。

2. 作者刘慈欣一直相信科技的力量,他在接受采访时说过这样的话:"当我们面临某种灭顶之灾的时候,很可能科技的力量是我们唯一的希望。"在《梦之海》中,人类就是依靠科技回收了海洋,拯救了地球。你同意作者的观点吗?说说你的观点和理由。

3. 如果把《梦之海》拍成电影,最难表现但也是最震撼的部分一定是低温艺术家取冰创造梦之海的部分。如果你是导演,你打算怎样表现这一部分呢?说说你的想法,或者画画这个场景。

纳克人

一骑星尘

《纳克人》是青年科幻作家一骑星尘的作品。

纳克人是生活在"纳克"这个星球上的外星人，但是他们不是自然生在这个星球上的，而是被人类创造出来的，他们是生物与机械相结合的生命体。他们的天职就是服从人类的命令，为人类完成艰苦的外星劳动。有任务时，纳克人会被唤醒；没有任务时，纳克人会被脱水脱机进入待机状态。故事的主人公是一个早期的纳克人型号——A119，他已经沉睡了千年，是为了战争而存在的，只能和终端单线联系的型号。而在他之后，已经有很多更加先进功能更加完备的纳克人被制造出来，他们中间甚至已经诞生了纳克人工程师，可以独立完成很多以前只能由人类来完成的工作。后代的纳克人也实现了纳克人之间的交流。

A119被唤醒的时候，太阳已经变成了一颗红巨星，在两万年以内将要吞噬纳克星球，同时，一颗来自外星球的飞弹将要袭击地球，人类决定牺牲纳克星球拦截飞弹，保护地球。不知情的纳克人还在为人类服务，发射火箭拦截飞弹，他们并不知道，人类将要牺牲他们来换取自己的安全。所有的纳克人都被唤醒，投入了火箭发射的任务中。

尽管太阳终将吞没纳克星球，可是毕竟还有两万年的生存；

纳克人为人类兢兢业业地服务，却要在此时被人类抛弃，觉醒的纳克星人会接受这样的命运吗？

A119用自己的牺牲阻止了人类，并在最后向人类发出了这样的警告：人类也要进一步思考如何与外星文明和平相处。人类作为创造者，任意地奴役纳克人，把纳克人的生命当作粪土。"哪里有压迫，哪里就有反抗"，这原本是人类关于自由的描述中最经典的一句。现在，人类必须思考的问题是：即使这生命是由人类创造的，但是一旦他们作为独立的生命体存在，就要重新思考如何与他们相处，如何尊重一种生命类型、一个生命个体。

这部作品中关于"生命"的思考，更是值得我们关注的。纳克人是不是生命？是的。关于这个问题，作者的回答是肯定的。

尽管纳克人是人类制造的机械与生物的合体，尽管纳克人的思想受终端的控制，但是纳克人勇敢、真诚、忠实，他们互相关心，拥有情感。所有这些美德，都是我们肯定他们生命价值的依据。然而，这并不是他们成其为生命的根本原因。纳克人能称之为生命，是他们对于死亡的思考。生命，或者说"生"，因为有终结的一天而更显其意义。当纳克人知道自己被人类抛弃的时候，对死亡的恐惧和对命运不公的批评，使他们开始反抗，这是对生的追求和斗争。这是对生命的理解，对生的意义的礼赞。而A119为了纳克人的未来，为了自己种群的未来，牺牲了自己的生命，个人的生命与整体的存续，纳克人有了自己的民族英雄，一个族群有了团结一致的精神内核。一个一个的生命愿意为了族群的存续而牺牲，这就是一个国家或者一个民族的史诗。

·正文

亚林合上了《机器人的秘密生活》，粗暴地扔到了角落里，被杰瑞舰长看到了。"你扔的是什么？"他问。

"没什么，一个关于机器人的故事罢了。"

"很难看吗？"

"不是好不好看的问题，而是里面的机器人竟然可以违抗命令，简直可笑。"

杰瑞犹豫了一下，"确实不合常理，我们手下机器人和纳克人都不可能违抗命令，不过传说千年前的那批产品有瑕疵。"

"传说？千年前？那种老古董早就淘汰了吧。"

"说的也是，不过……哎，算了，没什么。"

无垠太空中，一艘星舰进入了虫洞，开启了它的使命之旅。

当你再次醒来的时候，已经是黄昏，鲜红而巨大的太阳还剩下一半，即将消失在南方的峡谷之中。那里是纳克人的禁地，光线微弱，上次去的时候你在那里失去了尾巴，伤口至今还隐隐作痛。

你很高兴自己苏醒了过来，尽管对于你这个纳克人来说，苏醒意味着有活儿要干，而且是非常累的活儿，不过能够"活着"

就已经很好了，这感觉太棒了，足够令你兴奋不已。你伸展一下四肢，让肢体最大化地延伸，可是刚深吸了两口久违的空气，你就剧烈地咳嗽起来，因为空气干燥并且充满了灰尘。每次呼吸都有土进入你的嘴里，令你的喉咙发痒，还很苦涩，但是这份痛苦让你更加开心，每一条毛细血管都兴奋地颤抖，因为这正是"活着"的证明。你哈哈大笑，使劲地抖动身体，甩掉了不知积累了多少年的灰尘，露出了刚刚充满气体还很皱的皮肤。你捏了捏自己的脸，弹性还不错，保存还算完整，至少感光细胞可以正常工作，要知道有的纳克人可是在苏醒后发现身体只剩下了一半。

你感受到了远方强烈的呼唤，一种微波信号正试图与你的脑波相连。不管是谁唤醒了你，他都有权利命令你做任何事。服从命令，是纳克人的天职。

整个大地一片火红，沉浸在单一的红光之中。这种波长在622 ~ 760纳米的可见光为你源源不断地提供着动力，你全身的每个细胞都在忙碌地捕获光子，以获取能量。相比纳克星美丽的黄昏，更吸引你眼球的是巨大的太阳。在你上次苏醒的时候它还没这么大，如果把你记忆中的太阳比作橘子，那么现在的太阳就是篮球。

你还没来得及思考太阳变大的原因，一个声音就强行钻进你的大脑。

"A119，A119，收到请回复，收到请回复！"

"收到！你是谁？"你默念，看来你的脑波已经成功连接上了脑域网络。

"很好，下面为你分配任务，请立即执行。我是这个脑域网的终端 F2000，你直接听命于我。"

听起来，向你下达命令的也是一个有编号的"人"，这让你有些吃惊，因为你之前执行过的命令都是人类下达的。可能是自己沉睡太久了吧，每次苏醒都会有新鲜玩意儿出现。详细的任务列表很快就输送到你的大脑，多达五十多页。你的自尊心微微抖动了一下，让你苏醒去执行的任务竟然列在第四十页上，连前一百都不是，你仔细地看了看，任务名称是——清理发射井。

比起打扫卫生这种事，你更希望做些刺激而有难度的活儿，可是任务就是任务，需要你时，你就苏醒，不需要你时，你就沉睡，纳克人就是这样，别无选择。

任务地点在东方。你迈开四条腿向东方走去。

"情况怎么样？"杰瑞舰长浓重的愁眉已经快扭到一起，他的副手亚林一脸苍白，仿佛一夜间衰老了许多。亚林从操作台上抬起了沉重的双手，"唤醒程序终于启动了，在终端 F2000 的计算下，要完成剩下的活儿得有数千个任务要做，我已经赋予了终端最大的权限，让它去调动纳克星上的人手。"亚林说。

"这个基地怎么烂成这个样子了？"

"没有什么是时间损坏不了的，毕竟这是一个熵增的宇宙。"

"无论怎样，都得把纳克星上的发射基地修好，这是我们最后的机会了。"杰瑞的愁眉并没有因亚林的话而舒展。

"我真不想让咱们全部的希望压在一群破烂能否修好另一个破烂身上。"亚林那丧气的脸又白了一层，睡眠不足的他脸颊上有些死皮。

"没人这么期望，孩子，可我们别无选择，谁让我们搞坏了反物质储藏器。据运算，我们刚好可以赶上，是吗，终端？"

"是的，没错，相信我。"终端用它那独特的电子音来表明它的存在，"我可是宇宙中最先进的量子计算机之一，纳克星火箭发射井的主体保存得相当完好，燃料储存也没有泄露，只要按时修理好，一定可以达到发射要求。但是发射火箭是一项精密的工作，为了保证万无一失，还需要做全面的检修。另外，基地在数百年的闲置中也堆积了很多垃圾，这些垃圾都是不可预测的变量，也需要有人去清理。"

"纳克星上还能抽出人手清理垃圾？"杰瑞吃惊地问。

"我唤醒了一个最古老的仿生机械劳工去干这活儿，它原本因为设计缺陷早已被淘汰，可是这时候急缺人手，我别无选择。说实话，它还能被唤醒，我都很吃惊，要知道它的肌体已经在脱水脱气的状态下闲置了上千年。"终端说。

"好吧，物尽其用吧，这也是所有纳克人最后的任务了。如果失败的话，这也是我们最后的任务了。"杰瑞意味深长地说。亚林继续用它沉重的双手敲击着键盘，复古的机械键盘声在飞船里嗒嗒作响。

一开始你是走着，蹄子踏在松软的红色土地上，激起微微扬尘，感受泥土的温柔，然后你开始慢跑，四只蹄子有节奏地跳起探戈，后来，你开始飞奔，酣畅淋漓地劈开风的阻挠。飞奔中，你什么都不用想，只需要体味这份奔跑的快感即可，什么都无法阻挡你，这一刻，你是最自由的纳克人。很长一段时间以来，你已经忘记了奔跑是什么滋味，自由是什么感觉，甚至没意识到自己并不自由。缰绳并没有消失，它只是放松了一阵子。

"进入地下基地后，请立刻取得工具，开始清扫工作。"终端F2000的声音毫无征兆地钻进你的脑海，打破了你的白日梦。

尽管你很不情愿，但你不得不说"好的"。毕竟命令是不能违背的。与此同时，一份地下基地的详细地图传入你的大脑。

地下基地显然已经被废弃了很久，它曾经是纳克星最大的火箭发射井，深入地下数百米，能容纳数万人，不过这都是历史了，曾经的辉煌早已不在。按照常理这里应该永久封闭被人遗忘才是，现在竟然要重新清扫维修，让你很是吃惊。目之所及的一切金属管道、门框、废弃的轨道车全都锈迹斑斑，有的已经扭曲变形。电力供应也没有恢复，变压机连接处嘶嘶地冒着电火花。好吧，至少有人在尝试恢复电力，不然这里会一片漆黑。

你顺着地图来到了工具间。

工具间的门已经被打开了，严格说是被撬开的，不过打开门的人并没有拿走你需要的东西。按照指引，你找到了一个能系在腰间的便携吸尘器，一个能握在手中的机械钳，还有一个背篓，显然是装垃圾用的。

至少自己还有用，清理垃圾也是项崇高的工作，你这样来安慰自己。

你的主要任务是清理火箭发射井，顺带"靠自己判断"清理应该清理的垃圾。

顺着火花四射的走廊，你朝发射井走去，心里想着奇怪的命令——靠自己判断？每次你执行的任务都有详细指示，唯有这次含糊不清。好吧，命令是不可违背的，硬着头皮上了。

据你的分析，这次任务的核心在于保证火箭的顺利发射，所以你只需要清理会阻碍发射的东西就行了。走廊堆积的各种垃圾，你并不用去理会，因为它们无关紧要。

你打开了头部两眼之间的生物探测器，隐约察觉到这个基地里已经有了很多纳克人，还有更多的纳克人正在赶来。这个数量让你吃惊，你还从来没有见过这么多的同类汇聚到一起。自从被制造出来后，纳克人就被分散到星球各处执行任务，没有任务的时候就脱水脱气进入待机状态，需要时再被唤醒。所谓的纳克人，其实就是机械与生物结合的产物，是人类制造出的"听话的"劳工。可是现在纳克人都聚到了一起。

前方突然传来一阵巨响，是某样巨大的东西发出的撞击声，仿佛数十吨的重物狠狠地坠落到钢板上，发出刺耳的哐当声。你寻着声源，飞速地绕过弯道，赶了过去。已经有两个纳克人在现场了。

"老兄，这真是太惨了。"偏胖的一个纳克人说。与你不同，它有四条胳膊，看来是新型号。

你注意到地板上有一个巨大的洞，洞边缘还有绿色的液体——纳克人的血迹。你意识到有什么东西砸穿地板，还压扁了一个纳克人。

"这到底是怎么了？"你问道。

"我也不知道，我到的时候已经这样了。"

"是什么东西砸穿了地板？"

"看来你们都是老型号的纳克人。"偏瘦的纳克人开口了，它有八只手，"我刚把情况报告给了终端，新型号的纳克人有一个脑域网通信频道，大家可以相互交流，这事儿在频道里已经炸锅了。"

"到底是什么事？终端没有告诉我们。"你头一回听说纳克人之间还可以远程交流，在此之前你一直以为纳克人只能和终端对话。

"有一个旧型号的重型纳克人暴走了，它苏醒的时候脑袋出了点问题，完全不听终端的命令，也拒绝交流，用人类的话说就是疯了，类似于患了'疯牛病'的牛。他横冲直撞，袭击同类，已经有三起伤亡案件上报了，我们现在任务这么紧迫，竟然还有一个纳克人袭击同类来添乱。真是麻烦，别让我碰上就好。"偏瘦的纳克人说完转身就走了，看起来它是搞技术的，对这类"闲事"不感兴趣。

"祝你们好运，兄弟们。"临走时他还不忘来句告别。

只剩下偏胖的纳克人和你面面相觑。

"你知道暴走的纳克人长什么样吗？"你问道。

"我也没看太清，身躯很庞大。"

"我需要更详细的情报。"

"我的任务是修理电路，处理发疯的纳克人不是我的工作。详细的情况你可以问问终端，它应该收到了不少报告。你的任务是什么，问这个干吗！"胖子说。

"巧了。"你说，"我的工作正是清理会阻挠发射的垃圾，这个家伙可能会影响到我们的任务，所以我要清理他。"你没有退缩，内心有一股兴奋。

胖子看了看你手中的机械钳子和背上的背篓说："好吧，如果命令是这样，那我只能祝你好运了，有人来处理这件事我还是很高兴的。我的工作是编写发射程序，事实上我正在前往发射台的路上，这一路可真是不容易，到处都在出问题。好了，我该走了，再次祝你好运。"

"谢谢，我会努力的。"你挥舞了一下手中的机械钳。这个胖纳克人竟然是工程师，这让你吃惊，印象中只有人类可以干这个工作，现在纳克人也可以，而你对此却浑然不知。

你看着眼前的大洞，开启了追踪模式，这个模式你已经很久没有启动了，尽管曾经有一个时期你天天都在使用它。机械和血肉混合的心脏开始为你输送更多的血液。根据任务指令，你判定它是需要清理的"垃圾"，危险指数Ⅲ级，这意味着你获取了战斗权限！

热血激发了你的斗志，你纵身一跳，毫不犹豫。

在追踪模式下，暴走纳克人的蹄印已经被红外成像印在了你的大脑中。看起来他有八条腿，而且蹄印的大小是你的两倍大，很难想象他是怎么在这狭窄的地方活动的，这将会是场苦战。不过没关系，你就是为苦战而生的。

远在纳克星同步轨道的飞船上，杰瑞舰长等人正密切关注着基地的维修情况。呈现在他们面前的基地到处被标红，如同一个千疮百孔的蜂巢。标红意味着这个地方需要修理，而现在只有没有标红的地方才可能数得过来。

杰瑞注意到了基地边缘突然出现了大面积标红，刚才那里还是正常的蓝色。

"终端，这里怎么了？"他问道。

"报告舰长，这里刚刚发生了Ⅳ类暴力事件，不过对于我们的计划影响不大。"

"暴力事件？还是Ⅳ类？"

"是的，刚刚收到多起目击报告，一个重型纳克人出现了故障，疯狂袭击同类，已经有三起伤亡事件发生了。"

"怎么会这样？他们不是严格执行命令的吗？"

"纳克星上的劳工已经多年没人维护修理了，毕竟这颗星球即将被毁灭。事实上他们能被唤醒已经是个奇迹，有几个脑袋出现故障并不奇怪。"

"现在基地千疮百孔急缺人手，而且这次发射关系到人类的命运，我不能允许这种变量的出现。"杰瑞严厉地说，他不想让任何意外发生。

"不用担心，在我指派人手之前已经有人去处理这件事了，巧的是，他们是同一个时代的纳克人。"

基地原本已经严重锈蚀，在这个暴走的纳克人面前就像蛋壳一样脆弱，他像一个大块的弹子球，在基地里乱撞。

你很快就找到了他，他也没有想躲。沿途你看到了好几具

"尸体"，有的纳克人胸口的机械心都被打烂，修复是不可能的了。还有的正拖着两条残腿艰难爬行，见到你仿佛见到了救世主一般，而你除了向终端报告伤员的情况和位置外，什么也做不了。解决暴徒才是优先的任务。

终于，你来到了他的面前。这里较为空旷，应该是员工就餐的大厅。明明有一扇门，这个家伙还是用蛮力自己开了一个洞进来。

光线阴暗，你看不清他的脸，不过黑暗中他那魁梧的身形已经暴露了他的型号——老版的重型纳克人，你曾经很熟悉他们。按理说重型纳克人不该进到基地内部，在恶劣的环境中搬运重物才是他们的工作，毕竟在这么狭小的空间里他们容易受伤。

不过现在什么都很乱，你来不及多想，趁他还没有注意到你，抢起钳子就向他冲去。抢占先机很重要，先下手为强。

你看准机会飞身而起，就在钳子要砸到他脑袋的那一刹那，他转过头来看到了你，你也看清了他的脸。

你的大脑一下子怔住了，挥下去的钳子在空中犹豫了一下。

对这个家伙，你是又恨又爱。因为在那一瞬间，你发现他是曾经和你并肩而战的重型运输纳克人——编号 Ch370。

没有时间思考，Ch370 没有给你第二次偷袭的机会，咆哮着抡起手臂就将你扫到了一边。

你重重地摔倒在地上，但很快就爬了起来，你忍着剧痛，冲他大吼："为什么会是你啊，喂！"

"为什么会是你啊，喂！"曾经和他并肩作战的场景历历在目，用人类的话说你们曾经是过命的兄弟。同时，你的机械钳也再次准备就绪。

Ch370 并没有理会你，而是在不停地吼叫，似乎很痛苦，他浑身伤痕累累，身体已经发生了扭曲。他一只手中有一根大铁棒，正是这个棒子打烂了好几个同伴，上面还沾有绿色的血迹。

"你真的失去理智了吗？"

在你的印象中，Ch370 一直很憨厚温顺，承担着队伍中最累的工作，任劳任怨，从来没说过抱怨的话。

"A119，A119，系统检测到你的脑波出现了不正常波动，请保持理智，请保持理智，遵守命令，遵守命令。"终端突然进入你的大脑，打断了你的回忆。

"是的，遵命。"

Ch370 没有认出你，初步判断他已经丧失理智，极度危险。你不得不执行终端的命令。

对不住了，Ch370。

你后腿蓄力，猛地向前冲出，用机械钳狠狠地撞向他的胸口。Ch370 发出了一声可怕而尖厉的惨叫，然后跳开了。他很快就向你冲了过来，速度超乎想象。

你尽力躲闪，还是有一条腿被他撞到了。

你听到了一声钛金属"咔嚓"折断的声音，随后这条腿便失去了控制。剧痛在传递到大脑的一瞬间就被屏蔽掉了，在战斗中你不能顾及损伤，疼痛感在战斗中毫无意义。

Ch370 并没有继续攻击你，而是冲撞着逃走了，拖着庞大而残破的身躯。

你用仅剩的三条腿向他逃走的方向追去。在没有处理掉他前，任务是不会结束的。

你追了上去，很快就又发现了一个纳克人躺在地上，正用手捂着胸口。他有两条胳膊已经折断了，腿上也受了伤。

"老兄，你没事吧？"你关切地问。

"该死，我碰上了那个疯子，真倒霉，不过还好，我这还算轻的，脑域网上说他已经杀了好几个人了。"

"你没事就好，我正在追他。你知道他去哪儿了吗？"

受伤的纳克人大吃一惊，"追他？难道你就是那个奉命阻止他的纳克人？你可真是勇士，网上都传遍了，但是没人敢站出来。我们这一代纳克人都是功能性人，不擅长战斗。脑域网上有最新的目击报告，我帮你查查。"

听到他的话，你陷入沉思。在你出生的时候，战争还是常态，纳克人被制造出来就是为了打仗。时至今日，你已经记不清经历过多少战斗了，看来自己真是睡得太久了。在经历了这么长的沉睡后，世界已经发生了如此巨大的变化。

"好的，谢谢，我的脑域网只能和终端直连，没有办法同其他纳克人交流。"

"你这样的型号真是太古老了，我还是第一次见到四只胳膊的纳克人。找到那个家伙的信息了！据说他在B通道上，正在前往发射井。不好，要是他把发射井破坏了的话，一切都将前功尽弃！"

看到发狂的纳克人不但没有被阻止，还直逼发射井，杰瑞再也坐不住了，"终端，这是怎么回事？"

"目标体型过于庞大，是战争时期的老型号，新型的纳克人没有战斗能力，阻止不了他，唯一与他相似的型号正在追赶他。"

"你可知道发射井对人类的重要性？"

"我知道，如果发射失败，得不到反物质武器，我们就没有足够的能量来拦截洛基星的飞弹。错过这次机会后，飞弹将直逼太阳系！"

"所以我们必须保证装有反物质武器的火箭发射成功，不容失败！该死的，如果你明白了就赶紧把那个不确定的变量解决掉！"

"我尝试过连接他的大脑，但是没有收到反馈信号，他似乎陷入一种幻觉之中。"

"我不管他脑子怎么了，是什么原因，又是怎么坏的，纳克星的结局只有毁灭，反正他们最后都会死，我要你现在就解决掉他。"

"明白。"

收到杰瑞下达的死命令，终端连接上了你。

"A119，A119，收到请回复，收到请回复。"

"我在。"

"你怎么样，请报告情况。"

"受了点轻伤，还好，我正在追他。"

"考虑到你们体型的差异，为了快速解决问题，我准许你使用过载模式。"

纳克人是一种机械与生物有机体结合的产物，如同人类在肾上腺素的激发下会爆发惊人的潜力一样，过载模式也会激发纳克人的生物潜能，在短时间内激发出平常十倍的力量，当然代价也很大。

这种模式非常危险，是对身体机能的极度考验，严重折损寿命。你不知道自己这把老胳膊老腿儿还能不能承受得住，但是任务永远优先，如果必要你会去使用它。

"遵命，我不会再失手了。"

Ch370 非常容易追踪，它根本就没有隐藏自己的行踪，所到之处一片狼藉。你迅速追寻过去，在穿过一个破败的悬桥时一脚踏空坠落了下去。破碎的钢片和你一同坠向了深渊。

在脚踏空的一刹那，恍惚中你看到有一只手试图抓住你，可是太黑了你没有看清。也可能是错觉。

前一秒你还在专注任务，下一秒你已经身处空中，刚刚所在的悬桥离你越来越远，破碎的钢片在你身边与你一同坠落，最后的撞击即将来临！你的大脑飞速推算出撞击损伤程度，虽不至于立刻致命，但足以让你丧失行动能力，而那意味着你的任务失败，你将失去价值。

不，你绝不接受，你才刚刚苏醒，你很清楚在战斗中受伤意味着什么。

就在落地的前一秒，在那千钧一发之际，你启动了过载模式，激素在 0.01 秒钟到达全身，松散的肌肉组织立刻强韧数十倍，浑身的能量迸发而出。在下个 0.01 秒钟，你实现了空中回旋

翻身，然后用仅剩的三条腿重重地落地，激起一片尘土。

黑暗中，有两个平行的红灯，那是你的双眼。过载模式中，你的双眼因爆血而变成红色。

正当你以为失去了 Ch370 的踪迹时，沉闷的一声巨响传进你的耳中，有什么东西重重地摔到了你的身后。你刚想回身去看，就意识到有什么东西正飞速地冲你而来。你猛然向右侧一闪，只听见"咣"的一声，一个东西擦身而过，砸到了地上。那是一张破碎的餐桌。

抛出它的人，正是 Ch370，原来他也坠落了下来。此时他正在冲着你疯狂咆哮，要是手头上还有东西可以扔，一定会砸过来。但是与你不同的是，他没有过载模式可以启动，直接用肉体承受了高空坠落的撞击。此时它已经瘫在地上无法动弹，几条腿严重扭曲变形，无论是机械的部分还是肉体的部分都已经损坏，血液流了一地。

你看着眼前的 Ch370，没想到自己的任务竟然这样完成了。他已经失去了行动能力，威胁不到发射了，放在这里就好，等一切都结束了，再叫人来修理他就可以了。但是不知为什么，你总觉得 Ch370 不是在愤怒，而是在哭泣，悲痛欲绝地哭。他已经完全失去了语言交流能力，似乎在用肢体表达着什么。

这时你突然意识到，在你坠落下来的时候，就是他伸出了手想要抓住你，黑暗中那张模糊的脸，突然清晰了。

"终端，终端。"你用低沉的声音呼叫。

"收到，A119，请汇报任务情况，你那里一片黑暗。"

"任务目标 Ch370 已经失去了行动能力。"

"很好，继续执行清理任务。"

"只是……"

"说。"

"我已经开启了过载模式。"

"关上它。"

"我的控制器坏了，无法停止。"这意味着你的结局将是力竭而死，从外界强行关闭过载模式需要精密的手术，你知道这个环境下不会有人给你做手术。"另外 Ch370 只是失去了行动能力，没有完全毁坏，我认为它还有恢复的可能。"

"好，现在急缺人手，请坚守岗位。"

"我会的，但是我觉得 Ch370 还有救，请任务完成后救救他。"

"现在的优先任务是保证发射成功，请立刻回到工作岗位。"

"遵命。"

终端没有明确回复你的要求，现在人手不足，当任务完成后你觉得它会派人去修理 Ch370，尽管那时候你已经过载而死，不过没关系，你把自己的命看得很轻。你继续前往发射井，准备清理垃圾。

回去的路上，你发现一个受伤的新型号纳克人依然躺在地上。

"老兄，我已经向终端报告了你的位置，你只是受了轻伤，稍加修复就能继续工作，为什么没有人过来修理你？"你很奇怪为什么终端不派人来修理他，在你看来这些新型号的纳克人很有价值。

"哦，是你啊，看来你已经完成了任务，解决了那个疯子，祝贺你，我你就不用担心了，我们的团队也完成了分配任务，已经不需要我去做什么了，就让我在这里等待一切的结束吧。"

"什么意思，就算任务完成了你也应该被修理啊，每一个纳克人都是无价的。"

"老天，我才发现，你这是进入了过载模式无法关闭了吗？看来咱俩一样，都是弃子了，本来终端是不让我们讨论这些问题的，现在任务紧迫，它忙不过来，我发现它放松了对我们的思想控制。"

"什么意思？思想控制？弃子？"你越听越疑惑，在你的记忆里只要纳克人还有一线生机，战争结束后都会被好好修理。为什么这个新型号的纳克人要这么说？

"你没发现太阳已经变得很大了吗？多则两三万年，少则千百年，纳克星就将被太阳吞噬，太阳已经变成了红巨星，这个星球现在已经被抛弃了，我们这些新型号的纳克人都知道这件事，但是终端牢牢控制着我们的思想，不让我们讨论甚至思考自身存亡问题，你们这些老型号的纳克人缺少模块，它控制不了，但是你们也不知道这件事。"

你的大脑嗡的一声蒙了，纳克星即将被吞噬，你不敢相信自己的耳朵。"所以，这是最后一个任务了吗？"你低声说，你的使命感与荣誉感发生了碰撞，"所有纳克人的使命都要结束了吗？"

"是的，现在的任务是纳克人最后一个任务，关乎人类的命运，只准成功，不许失败！所以受伤的纳克人也不用修理了。"

你想到了 Ch370，想到了和终端对话时它的冷漠态度，想到了曾经为人类浴血奋战的一切。毁灭、死亡、杀戮……纳克人生来就在做这些事，当失去价值时也被轻易地抛弃，如同帝国衰落的残阳，忧郁而无力。

可是，你不想接受这个现实，无论如何都不想接受。

亚林的脸上终于有了些血色，他说："报告舰长，那个暴走的家伙已经解决了。"

杰瑞脸上难得露出了笑容："很好，发射进度怎么样了？我们还有三个小时。"

"细节需要终端来回答。"

"终端？"

"报告，这个星球的纳克人都已经在这个基地了，但是现实情况比较复杂，我现在也不能给出准确的答案。"

杰瑞的脸立刻沉了下来。

"为什么？"

"有一个老型号的纳克人知道了他们最终的命运，知道了这是最后一次任务，情绪上有些波动。"

"噢，天呐，要是我知道自己的命运只有死的话也会这样。"亚林插嘴道。

"可是他们不是人类，他们是战士，服从命令是他们的大职，不是吗？"杰瑞怒吼。

"是的，所以他们还在继续着任务，我正在安抚他们的情绪。"

"我觉得我们可以考虑 Plan B 了，在冥王星附近拦截洛基人的飞弹。"亚林说。

"那样的话，冥王星就会毁掉，我们回去也会受到指责，就像一只落水狗。"杰瑞狠狠地说，右手上青筋暴起，紧紧地握着通讯器。

地下基地投影上标注着数万名纳克人，每一个都以一个绿点的形式呈现。就在舰长他们头疼不已时，所有的绿点突然变成红色，格外刺眼。

"这是怎么回事？"杰瑞大惊。

"我正在查。"亚林也吓了一跳，手指飞快地敲击键盘，忙着调出所有纳克人的数据。

另一边，纳克人口口相传，基地里炸开了锅。

"受伤的纳克人已经被抛弃了，这已是最后的任务。"

"兄弟，你是说我们干完这一票后都会死吗？"一个独眼纳克人问你，它是新型号的纳克人工程师，能够实时与所有纳克人交流。

"是的，太阳已经变成了红巨星，吞噬这颗星球只是时间问题。"你说。

"我知道红巨星的事，可是还有两万年它才会吞噬纳克星啊，为什么现在就抛弃我们？妈呀，这可怎么办！"独眼惊呼，他已经把这条消息通知了所有纳克人。

得知消息的那一刻，所有纳克人都停下了手中的工作，细细品味其中的含义。

"天哪，为什么要告诉我这个消息，我宁愿不知道。"

"所以我们是弃子吗？明明还有两万年的缓冲期。"

"不要瞎说，相信人类的抉择就是了。"

"噢，我宁愿现在就沉睡也不想被抛弃。"

"我们已经为人类服务了这么多年。"

…………

纳克人网络上也吵翻了天，新型号的纳克人虽然知道红巨星最终会吞噬纳克星，但是他们不知道这个任务完成后他们就会被人类抛弃。各式各样的说法都有，一时间任务被耽搁了下来，如同集体故障。

"肃静！"

终端的声音响在了每一个纳克人的脑中，整个脑域网瞬间安静了下来，全体纳克人都在等着终端发话。

"纳克人同胞们，我知道你们在忧愁，在焦虑，在惋惜，因为你们刚刚知道了自己的命运，没错，这就是你们最后的任务，但是那又如何？你们生来的意义就是为人类服务，你们只需要服从命令执行任务就好，不需要考虑别的。现在地球受到了外星飞弹的威胁，如果不能在纳克星拦截引爆它，那么人类将有可能承受巨大的损失。"它顿了顿，"现在，我要求你们立刻回到工作岗位，继续执行命令。"

继续执行命令，这句话仿佛具有魔咒，全体纳克人听到后都心头一震，然后蓦然回到了工作岗位。

但是你对这个命令并没有太大的反应，同胞们的反应令你吃惊，他们竟然全都回到了自己的工作岗位，有条不紊地工作，好像刚才的事没有发生过一样。你对此很奇怪，忍不住问了旁边的兄弟一句："你怎么了？"

"什么怎么了？快说，我还要工作。"

"任务结束后我们就被抛弃了，你的心思还能在工作上？"

"什么被抛弃？你在说什么，无聊，我还有好多活儿要干呢，先走了。"

这个时候你才意识到，同胞们的记忆被终端抹除了，因为你的型号过于古老，没有搭载这部分模块，所以终端无法抹除你的记忆。

你还是接收到了继续工作的命令，这时候你也受到了触动。服从命令的天性同时写在了你的基因与 CPU 中，这命令是强制的，你无法拒绝它。

但是，你可以用另一种方式顺从它，此时你已经开启了过载模式，开关已经坏了，你无法阻止它，而且你明白不会有人来修理你，终端根本不在意你的死活。最终你将坏掉，不会有人来收尸，也不会有人去修理 Ch370。你们曾经并肩而战，现在也将一起赴死，只是这样死得太丢人了，太遗憾了，你无法接受这个选择。你和其他纳克人不同，旧型号的你在命令执行上没有那么死板，因此你才会这么痛苦。乖乖执行命令就好，为什么自己就这么不甘心呢？

你大吼一声，吓到了面前的独眼纳克人。

"兄弟，你怎么了？"

"我不想就这么死去。"

"死去？你在说什么？为人类而死是我们的荣幸，更何况只要完成任务我们就能继续活下去。"

你低下脑袋，摇了摇头："不，你不明白我在说什么，你已经被改变了。至少我要选择自己想要的死法。"

"我不明白你在说什么，我要去执行命令了。"独眼就走了，又剩下了你自己。

"终端，人类对纳克星可能被毁灭的事怎么看？真的要抛弃我们吗？"你向终端提问。

"……"终端没有回应，如同预料的一样。

生死只是一瞬间，你并不惧怕死亡，你怕的是死得不够壮烈。这次任务后人类就会放弃纳克人，纳克星也许会被洛基人毁灭。

你活了很久，但清醒的日子很短暂。往事历历在目，多少纳克人曾和你一同征战，多少纳克人沉睡后再也没醒来，你好想再见到他们。

"报告。"终端对舰长说，"反物质火箭发射准备就绪。"

"很好，总算是赶上了。"杰瑞回答道。亚林也松了一口气，脸色已经恢复如初，"火箭顺利发射，离开了地表，进入了大气层。如果顺利的话，它将按照轨道与杰瑞的星舰擦肩而过，飞向洛基人的飞弹，引爆上面搭载的反物质炸弹，将其拦截。更为重要的是可以把洛基人的注意力吸引到纳克星来，为人类抵挡更多的飞弹。"终端说。

"等回到地球，我们会是英雄，会收到最美的鲜花与掌声，喝最好喝的宇宙牌酒。"

"我都迫不及待了，老婆还在等着我呢。"亚林很罕见地笑了笑。

"哈哈哈，幸亏我还单身。"

…………

纳克人圆满完成了自己最后的任务后，全部进入了待机状态，意识陷入了停滞。

位于纳克星盆地的地下火箭发射场，迎来了它久违的发射，也是它最后的一次发射。倒计时开始。

10！

9！

8！

…………

2！

1！

火箭即将升空，这是全体纳克人最后的心血，你望着已经点火喷出滚滚浓烟的火箭，心力交瘁，上气不接下气，不停地吐着绿色的血。你无法关掉过载模式，它正在飞速地消耗你的生命。

你不知道这颗火箭是干什么用的，因为自己的级别不够高，只能猜测它对人类很重要，现在它对纳克人也很重要，一旦它发射成功，就意味着所有的纳克人将会被抛弃，纳克人将不再被需要甚至招致毁灭性攻击。你无法接受这个结果，这对纳克人不公平，在你即将力竭而死前，你想为纳克人做点什么。

现在也只有你能行动，其他的人都进入了待机状态，或者失去了行动能力。

你开始行动，在火箭即将拔地而起的刹那间，你纵身一跃。

"A119！你在做什么，我命令你立刻下来。"终端检测到了你的不稳定，但是它无法强行控制你，过载模式让控制系统失效了。

"我在做……"你强忍着痛苦说，"在做有意义的事！"

"我命令你……"

终端的声音消失了，因为你的通讯模块彻底坏掉了，火箭速度很快，正在穿透大气层，为了不被甩下去，你用尽力量抓着它的尾翼。

你大声一吼，用牙狠狠咬向了火箭的外壳，钛钢的外壳很坚硬，可是你的牙也是钛钢制作的。你驱动着上下颚的肌肉，将过载模式的力量发挥到极限，终于将火箭的表面撕裂开一个口子，虽然很小，但一颗螺丝钉的松动就可以毁了一艘飞船，更何况是一个洞穿的咬痕。

正当杰瑞和亚林以为发射很顺利的时候，终端突然发出了绝望的嘶喊。

"不！"

话音刚落，火箭毫无征兆地爆炸了，杰瑞在星舰里目睹了一切。巨大的能量一瞬间向宇宙四处扩散，甚至纳克星的大气层都被炸出了一个大洞。而洛基人的飞弹在与纳克星打了一个照面之后，仿佛意识到什么而停止了飞行。

所有纳克人都听见了终端的嘶喊。在它的嘶喊声中纳克人们恢复了意识，火箭在天空中化成了一朵绚丽的火花，那一刻，他们全都获得了自由。

Ch370似乎察觉到了什么，他身体几近瘫痪，却还能爬行。有那么一瞬间，他似乎恢复了理智，滚烫的热泪顺着脸颊流下。

你的牙咬破火箭外壳的那一刻，你狂躁的内心突然平静了下来，满足感油然而生。你解放了所有纳克人，尽管纳克星终将被吞噬，但是在这之前，他们至少还有千万年的喘息时间，可以自救，而人类也许会进一步思考他们如何和外星文明和平相处。

冥冥之中，你仿佛看到了一个王国的建立，这份遐想伴随着红太阳的升起，迎来了纳克人的新生。

·思想实验室

1. 假设在很多年以后，纳克人已经建立了自己的王国和文明，他们的后代将会怎样讲述A119的故事？以纳克人的角度讲一讲他的故事。

2. 未来学家雷·库兹韦尔在《奇点临近》一书中大胆设想，在2045年，人工智能将完全超越人类智能，人类历史因此被彻底改变。如果那一天真的来临，人工智能最终觉醒，就像小说中人类制造的纳克人想要自由时，人类该怎么办？当仿真机器人比真人更具备人性时，又该怎样来定义人类？

　　3. 两万年以后，纳克星球和地球都要面对太阳吞噬的问题，那时候纳克人和地球人将会怎样面对这个危机呢？你可以写一个故事大纲，编一个故事讲述太阳系的生命如何应对这个危机。

赢家圣地

陈楸帆

　　之所以推荐这篇小说，第一个原因就是它触及一个我们每个人都会遇到的问题——和家人如何才能互相理解。

　　在小说中，作者为我们创造了一个神奇的虚拟世界——游戏"赢家圣地"。在进入这个神奇的游戏前，吴谓首先"跃入"自己的儿子吴用用的虚拟化身，于是，吴谓从儿子的视角，看到了自己的暴躁、不耐烦、冷酷、对生活的抱怨；接着吴谓又"跃入"了自己的妻子谢爽身上，他看到了妻子的厌倦、辛苦、渴望，也看到了自己对妻子的敷衍、忽略、漫不经心和自以为是。

　　吴谓"跃入"女儿谢天天的这一段，是全文最有想象力也是最震撼的一幕。在读这一段的时候，务必要调动你所有的感官，调动你所能达到的最高级别的想象力，然后你就能理解作者为什么说谢天天"像是整个躯体被包裹于一枚巨大的蛋黄"，"仿佛有一只巨手捏着这枚鸡子，而它将无可避免地走向破碎。"为什么说谢天天是"整个宇宙间最孤独的孩子"。为什么说这是人类语言无法表述的状态……在谢天天的记忆碎片里，有父亲的粗糙手指的触摸，带着烟味儿的气息，而当这些记忆碎片出现的时候，谢天天会有一种宁静的愉悦弥漫全身，因为那是爱的感觉，是只有父亲才能给予的安全感。

　　推荐这篇小说的第二个原因是它还讨论了另一个重要的问题——虚拟世界如何影响我们。关于虚拟与现实的关系，关于孩子与虚拟的世界，关于人类的未来，作者进行了严肃而认真的思考。在小说中，柳微微的经历是一个非常悲伤的故事。吴谓的导师老柳曾经有一个儿子，名叫柳微微。柳微微出生时，老柳就给他准备了一个特殊的礼物——在虚拟空间里创造的一个与真实的柳微微同时成长的镜像，这个虚拟化身可以和真实的柳微微完全同步。这既是一份礼物，也是老柳正在进行的一个密码项目"德尔塔"项目试验的一部分。柳微微从18个月的时候就开始在真实自我与虚拟化身之间建立认知上的联系。可以无限变化的虚拟化身模糊了柳微微对于虚拟和真实的界限。七岁时，柳微微觉得自己就是一条能在水中呼吸的鱼，他在水中失去了自己的生命。柳微微的虚拟化身也永远停留了在了七岁。虽然有评论家认为，这是新型的人类的诞生，是一种人类新的存在方式的起点。*但这首先是一个悲伤的故事。柳微微的死首先是因为成年人没有解决好虚拟和现实的关系。我们把虚拟世界带到了人类世界中，带给了孩子们，如何把虚拟世界留给后人，我们需要花更多的时间和智慧来解决这个问题。

　　这篇小说还很严肃地讨论了我们今天社会的一种观念：每个人都被教育要在这个社会的竞争中脱颖而出，成为人生赢家。这是推荐这篇小说的最后一个原因。吴谓不管做什么选择都要经

---

*　王雨童在评论文章《仍须走出虚拟洞穴——评＜赢家圣地＞》中持此观点，本文原刊于《中华文学选刊》2020年第4期。

过偏执的分析与计算，最后做出最低风险的选择。用世俗的眼光来看，吴谓确实是大家眼中的人生赢家——大公司区域高管、完美的家庭、富有的生活、高级别的社会地位……可是在这种对"赢"一味的追求中，他忽略了生活的更多意义，忽略了自己的生活和身体；他不能接受不够优秀的儿子，对他总是充满了斥责；他忙于去"赢"，总是敷衍自己的妻子；他最不能接受的还是自己拥有一个基因缺陷的女儿，于是逃得远远的。对此，吴谓的导师老柳怀着很深的忧虑，他认为，这种"赢家综合征"可能是一种生命甚至一个文明走向自毁的导火索，因为人类"神经元连接的拓扑结构发生了微妙变化，人类开始变得盲目、短视、过度竞争、自私自利，甚至带有强烈的自毁倾向……我们就在悬崖的边上摇摇欲坠"。

"赢家圣地"这个游戏，就是为吴谓这样的"人生赢家"量身定做的，目的是希望改变每一个困境中的人，从而改变"个人看待世界的方式，重新建立起与他人的情感连接，扭转神经元网络的拓扑结构"。*

---

* 陈楸帆，1981 年生，中国当代科幻小说作家。代表作有《荒潮》《丽江的鱼儿》《鼠年》等。

·正文

> 我们的未来走进了赌博模式。
>
> ——贝尔纳·斯蒂格勒

吴先生已经在车里坐了一个小时。这个时间段进出地库的车很少，他感觉自己就是停车场的主人，可在倒入车位时，还要小心不要剐蹭到旁边路虎的后视镜。

一百米外就是电梯间，电梯上八楼就是温暖的家，家里洋溢着橘黄色的光；儿子会争抢着帮爸爸把衣服和包挂起来；女儿一如往常安守在桌旁，乖巧如陶瓷套娃；妻子已经准备好可口的饭菜，香气四溢，等待着一家人开始幸福的晚餐时间。

可是男人一步也不想离开自己的黑色仿皮座椅，他调暗了车厢灯光，这让一切显得苍白而黯淡。他手里反复把玩着一张炭黑色卡片，上面有着烫银纹路和订制字体。他在思考着什么，似乎这张卡片上承载着无法言说的重负，甚至超过了他现在拥有的一切。

刚入住的时候他想过把旁边的车位也买下来，毕竟自己的车大，停起来方便。可一打听那车位早已售出，主人是某领导秘书的女儿。毕竟能住进这高档小区的，非富即贵，可男人万没想到，经过一番努力，早已成为金字塔尖上的人中龙凤，可住进了这里，还是得跟人抢。

这简直是他整个人生的缩影。

从小学到考博，他总是第一名，也许有那么几次意外跌落王座，他会深深自责，并用加倍的努力来弥补。倒不是父母催逼，而是自打生下来之后的整个成长环境，都充斥着一种莫名其妙的氛围，人像是拉满的弓，引势待发，没有一刻能够放松下来，自由自在地玩耍，就好像倘若人一泄劲儿，天就会塌下来，世界就会末日。

直到很久之后，他才明白这种病态的感觉叫作"过度竞争综合征"。

与之伴生的还有"低风险偏好"，男人做出任何决定之前，都会经过极其理性甚至是偏执的计算与分析，他要确保自己的所有路径毫无差错地落入社会预期的区间。他无法忍受自己变成一个所谓"落伍者"，更不要提"零余者"。因此他跟相恋多年的女友分手，只是因为她无法满足成为一个贤妻良母的必要条件，然后迅速地与一个条件相符的相亲对象确定关系与婚期。

人生没有 NG。这是他的座右铭。

事实上他也做到了，博士毕业之后凭借着过硬的专业知识和不计回报的勤恳付出，他在公司内迅速蹿升，成为区域内最年轻的投资策略总监。相继降临的两个孩子也没有拖慢他前进的步伐，毕竟他选择了一位愿意任劳任怨、承担起大部分维护家庭及养育职责的妻子，哪怕为此不得不牺牲她自己大好的艺术前程。

两人之间话越来越少，摩擦越来越多，甚至大部分时间都是分房而睡，但在外人面前却仍然得表现出完美的中产阶层家庭形象，就像从杂志广告上走下来的那样毫无裂隙。

可是，身边的所有人不都是这样的吗？这有什么问题吗？

吴先生也是这样想的，当他坐稳了某一个区域高管的位置之后，看到自己就像一列匀速驶向终点的火车般，坚定而心无旁骛地就这么开下去，开下去，直到引擎的轰鸣停顿，车毂摩擦着铁轨缓缓靠站，车头撞击保险杠发出最后巨响的一天。

可是他错了。

幻象并非一日建成，却有可能在一息间崩塌。

吴先生清楚记得自己崩溃的那个瞬间。某一个周一，天飘起了细雨，午休后回办公室的电梯间充满了潮湿的气息。他看着那些年轻的、斗志昂扬的面孔与肉体不停进进出出，而自己仿佛被逼进了一个死角，只是看着楼层数字不停往上跳动，一阵极度惊恐的感觉突然攫住他的胃部。他不得不提前挤下电梯，跑进卫生间，大吐了一场。

面对着镜中难掩衰老的苍白面孔，他试图用理性逐条批驳这种突如其来的恐慌情绪，让自己觉得好受一些。也许是这个季度的业绩考核不太理想，也许是新来的对手虎视眈眈，但他很快明白，这种绝望并非来自外界的威胁，那些进击的年轻人，或者是日新月异的科技，而是来自内心深处，一种身份的僵化，像是冻结在冰块里的鱼虾，只能永远保持同一个姿态，再也没有其他的可能性，直到腐坏变质。

他那貌似完美的家庭也是这巨大坚冰的一部分，最接近核心也是最寒冷的部分，完全没有改变的余地。

这个季节地库里已经有点冷了，后视镜上蒙了一层水雾，他并没有发动引擎和空调，只是用手抹去那层雾气，露出了一张愈加疲惫的脸。

吴先生清楚自己必须做点什么，哪怕只是一件微不足道的事情，让自己感觉还活着，还有力气可以蹦跶，去对抗这种腐坏的趋势。每当他进入会议室，环顾四周，看身边的那些衣着光鲜、谈吐不凡的成功人士，他们各自有着自己的小小自留地，一块不为人知的私密空间，不一而足。但那些都不是他想要的。

他究竟想要什么呢？

第一次意识到这个念头时他自己也吓了一跳，就好像从石头中蹦出了花朵。就像卡尔·荣格所说的，是中年人而不是年轻人，才需要用"神圣体验"去帮助他们完成人生下半场的谈判。

那张卡片在指尖变得硌手，像是烧红的钢板。

它来自一位吴先生这辈子最为信任的人，甚于父母。但恰恰因为如此，当导师老柳递来这张卡片时，他犹豫了。

老柳接到久未联系的学生吴谓打来的电话，听着那边欲言又止的客套话，知道这个当年被寄予厚望却又辜负了自己的年轻人肯定是遇到了什么事儿。

"你来看看我吧，正好我生日也快到了。"老柳这么说着，他明白没几个人知道自己真正的生日是哪天。

老柳从来不是那种跟学生走得很近的人，当其他同行的师门为导师张罗寿宴或者各种庆功聚会时，他往往只是笑笑走过。该拿的不该拿的奖也都拿得差不多了，学问从应用数学转到拓扑数论也有几十年了，离现实生活越来越远，也许在孙子辈的有生之年里都看不到转化成实际工具，改变世界的那一天。哪怕只把现实的轨道撬动一点点，他都会心满意足，可是没有任何希望。搞这些歌舞升平又有什么意义呢？

想到孙子，就会想起儿子，就会想起早走的老伴儿，往事就像一串珍珠般一颗颗从回忆的缝隙里掉出来，滴溜溜地滚得满地都是，拾捡不起来。老柳不敢去捡，更不敢细琢磨，每一颗都会让他钻心地痛，他宁可等着它们滚远，消失在视野尽头。他觉得这是最符合理性的做法。

快七十了，没几天清醒日子了，想到这儿，老柳总会觉得释然。这辈子经历过的起起落落也够写出一柜子书了，得失寸心知，不到最后关头真的不好说谁输谁赢，话又说回来了，在死亡面前，谁敢说自己能赢？

不知从什么时候开始，老柳一改以往的孤傲超然，竟然开始主动联系起学生和朋友，甚至是那些有过龃龉的所谓"敌人"，不管是在学术上还是在政治立场上，曾经发生过剧烈冲突并老死不相往来的旧人。可惜，他能找到的并不多，大多数都不在国内，少部分已经入了土或者无法维持正常交流状态，剩下的要不就是忙，要不就是觉得和老柳之间情分也没那么深，口头表示表示，再逢年过节送点礼物，也就够了。

吴谓就是其中的一个。

老柳想要的不是这些，他想知道，这么多年过去了，自己究竟错过了些什么。

这年头，没人愿意跟他掏心窝子。

大多数时候，他只能坐在小楼的阳台前，柳荫轻拂，日光游走，看着自家养的橘猫"点点"哗啦啦地踩过书桌上翻开的书页，跳进他的怀里，用脑袋蹭着老柳的手祈求抚摸。这也许是他一天中最温暖的时刻。

所以当吴谓再次来电时，他知道，也许时候到了。

那个西装笔挺的中年男子拎着大袋小盒进屋后，一脸窘迫地在书堆中寻找落座的空隙，老柳从门后变戏法般抽出一张折叠凳，就像来客只是个孩子，而不是每天手头上下几个亿的金融精英。吴谓坐下了，折叠凳发出咯吱怪响，像是随时可能散架。

老柳戴上老花镜仔细端详，从吴谓脸上他才觉察出岁月是如此无情，当年意气风发的小伙子如今成了心事重重、满腹焦虑的中年男子。他又一想，自己何尝不是老得不能看了，人总是会看不见自己的衰老，就像是心理上的盲点，总觉得自己还活在最美好的时光中，这也许是亿万年进化出来的一种自我保护机制吧。

寒暄客套几句之后，吴谓似乎想问什么，又看了看屋里杂乱不堪的迹象，把话咽了回去。

老柳明白了，主动挑起话题："你师娘前几年突发心梗去了，现在就只有我。"

"哦。"吴谓不知道该说什么好。

"你怎么样？家里都挺好的吧。"

"还行，还行。"吴谓把手机里的全家福照片给老师看，一张张翻着，像是从奢侈品杂志上截下来的那种完美家庭，丝毫看不出任何一点为金钱或现实犯难的痕迹。

"看来你当年的选择是对的，我错了。还好你没听我的。"老柳还是乐呵呵的。

"也不能这么说，老师，都是选择，各有各的活法，没有对错……"

"看看我现在这样，你能说没有对错吗？"

一句话把吴谓噎了回去，两人默不作声。

"老师……"吴谓终于下定决心，"……我能问您一个事儿吗？"

"来都来了，有什么不好问的。"

"您以前不是这样的，我是说，您不会主动来联系我们，更别说请我们到家里来……是有什么需要帮忙的吗？"

老柳表情凝固了片刻，像是瞬间跌回时间的漩涡里，花了好些功夫才挣扎着浮回现实，又恢复了笑意。

"我就知道你要问这个。先别急，咱们师徒一场，我先问问你，你是遇到了什么事儿吧。"

吴谓愣了一下，没想到老师会这么单刀直入，他干笑了两声："能有什么事儿啊，没、没什么大事。"

"是，对于一般人来说，不关系到生老病死、倾家荡产就不算大事。可很多事儿，你没处说，没人能聊，只能憋在心里，小事也会变成大事。这种人我见得多了，今天还跟没事儿人一样吃饭唱歌开会，明天就能从楼顶跳下去，摔成烂泥。"

吴谓露出一副被看穿了的表情，他管老师要了一杯热茶，打算好好梳理一下自己的思绪，把那些常人无法理解的困扰一五一十说出来。

日头西落，橘猫从阳台上下来，进了屋，唤了两声想要吃食，又跳上老柳的膝盖，露出自己的肚皮，轻轻地打起了呼噜。

"我明白了，你这是遇到了中年危机啊，呵呵。"

"不是的，老师，我这真不是……"

"先别急着反驳，也别管叫什么。你是不是觉得自己和世界的关系在发生变化，原本你以为可以依靠自己的努力与天赋达到中心、塔尖或者其他什么高高在上的位置，但现在你觉得自己被一股无形的力量或推或拉，朝着边缘滑去，于是你开始焦虑，开始怀疑自己，想要去做一些事情补救，可是却徒劳无功，你开始觉得这一切也许都是一场阴谋，都是为了把你束缚在某个角色里，像一颗螺丝钉一样永远安分地运转下去。你想要改变，却害怕改变。因为你不知道改变带来的会是什么，也许是一无所有。"

吴谓哑口无言。

"我是过来人啊，小吴。"

"那您是怎么……过去的？"

老柳撸着怀里的猫，含笑不语，半晌过后，才开了口。

"谁说我过去了。那时候年轻气盛，以为什么事都可以强撑硬挺，谁知道岁月像烈酒，后劲大得很啊。你以为一切都好了，其实并没有。"

"所以呢？"

"你不是问我为什么突然变了个人，开始念起旧来。其实是因为我去了一个地方，遇见了一个人……"

"嗯？"

"我这才觉得，也许那些过不去的，都过去了。"

吴谓听着老师佛谒般云山雾罩的话，更是摸不着头脑。

"那您告诉我那地方在哪儿，我也去试试？是哪座庙吗？"

"那地方啊……不是谁都能随便去的。不过……"

"不过？"

老柳站起身来，怀里的橘猫委屈地哇了一声，蹦到地上去。他到处翻找着什么，最后还是在书柜门后的一本厚厚的《集异璧》里找到了，原来被他当成了书签。

"收好了，这可是有钱都买不到的。"老师朝他眨眨眼，像一只饱经沧桑的老猫，这种熟悉的神情曾经伴随吴谓走过人生的黄金岁月。

吴谓接过那张炭黑色卡片，卡片在夕阳下闪着不安定的光，上面烫着四个专银小字——"赢家圣地"。

吴谓躺在巨大蝌蚪状的白色舱体内，温热的弹性材料自动包裹住他的身体，空气中有种令人平静的甜味。他想了很久究竟在哪里闻到过，记忆只能回溯到儿子女儿出生时的产房前，据说医院提取了羊水中的某种成分做成香薰，对产妇和家属都有镇静安抚的功效。

舱门合上了，吴谓感觉自己脑壳被盖上一条热毛巾，四周亮起了蓝绿色的光，有节奏地闪烁起来，越来越快，一种类似静噪的嗡嗡声笼住他整个意识。

面目姣好的工作人员告诉他，整个拟合过程可能需要40到60分钟不等，取决于每个人的身体状况。而在此之前，他已经接受了基因测序、脑神经组学扫描等数十项烦琐流程，足足耗费了他一整个上午的时间。

吴谓告诉妻子公司有急事，需要加个班，午饭前就能回去。看来他不得不继续用第二个谎来圆第一个谎。

他开始有点后悔，为什么要相信导师的话，为什么要下载那个加密软件，扫描识别那张ID卡，又为什么要约定时间来到这座远离市区的郊外园区，受这份莫名其妙的罪。

这该死的嗡嗡声无休无止，似乎会永远这么持续下去。有那么一瞬间，吴谓甚至觉得自己上当了，这只是某种高级的骗局，而老柳这种年近古稀的高级知识分子正是骗子最喜欢的目标人群，理性了一辈子，最后也没落得什么欢喜下场，只能退而求助于漫天神佛。

就跟自己一样。他突然想到这一点，有点恼怒又羞耻地叹了口气，开始用力敲打玻璃罩。他不想做了，他要出去，他快透不过气了。

罩子刺拉一声打开了，工作人员迷惘地看着他。

"抱歉家里有点急事，今天就到这里吧，下次另找个时间我再过来。"吴谓又恢复了文明人的模样。

"可是吴先生……"

没等工作人员话音落地，吴谓便钻进了更衣室。更衣室里水雾缭绕，客人需要把头上身上涂抹的那些导电凝胶洗掉，因此配备了全套的淋浴装置以及最高级的卫浴用品。吴谓心想这家公司还真舍得花本钱，又觉察到无论是沐浴露还是洗发水，那淡淡的甜味与舱体里的香氛是完全一样的。

一丝不挂的吴谓离开了淋浴间，正想打开自己的储物柜取衣物，突然看到对面也站着一个赤条条的人，吓了一大跳。

那并不是镜子，而是一个大概七八岁左右的男孩，浑身湿漉漉地站着，像一头被大雨淋湿的幼鹿，不知道在寻找什么。

"找什么呢你？"吴谓顺手抽了条浴巾递给男孩，问他，"你跟谁一块儿来的？怎么丢下你不管了？"

"没跟谁。"男孩头一歪，不屑地回了句。

"可以啊小伙儿，胆够大的。"吴谓生了好奇心，蹲在男孩面前，"那你来这里干吗呀？"

"……要你管。"

"嚯，年纪不大，脾气倒不小。那你自个儿玩去吧啊，我先回家了。"

"……没人陪我玩，我也没有家。"男孩用小得几乎听不见的声音喃喃道。

衣服穿了一半的吴谓听到这话停住了，又看了一眼男孩，他白白净净的，眼神清澈，对人也没什么敌意和戒心，不像是流浪儿，也不像被拐卖的，说不定是和家里闹别扭，偷了父母的卡离家出走呢？他想找工作人员过来了解一下情况，不知怎么的，这个男孩身上某些东西触碰到他遥远的记忆深处，就像是漩涡里的一根树枝冒了个尖。他改变了主意。

"那你就穿好衣服跟我走吧，我带你玩。"

小男孩听到这话，愣住了，像是不敢相信，伸出了弯弯的小拇指。

"说话算话？"

"算话。"吴谓跟他使劲地拉了拉钩。

小男孩一直不愿意告诉吴谓自己的名字，在副驾驶座上显得特别安静，安静得有点不像他这个年纪的人。吴谓努力想找些话题打破尴尬，最后却只能打开车载音响，随意地听些电台节目。

"……中国航天局载人登陆火星计划进入倒计时，预计将于……"

"我不想听这个！"男孩突然抗议了起来。

"那你自己选台。"吴谓告诉他哪个旋钮是用来换频道。

"……第一批被选中登陆火星的……滋滋滋……引发全球关注，他们将会在火星的3号基地……滋滋……这次的科考任务包括有……滋滋……"

"烦死了，怎么都是这个……"

"你这个小孩有点奇怪哦，别人都是追着宇宙飞船的新闻，你居然会觉得烦……"吴谓觉得好笑。

"我的烦不是那个烦啦，哎呀说了你也不懂！"

"那你倒是说说看。"

"不说。"

"你说了，我就带你去一个地方，那里能实现你任何一个愿望。"吴谓对自己的耐心感到惊讶，平时妻子总埋怨他对孩子不够有耐心，容易焦躁。想起自己的两个孩子，尤其是女儿，不知为何他有意地调转注意力的方向，回到眼前这个男孩的身上。

"你骗人！"

"我们拉过钩了。"

"那得再拉一次，双重保险。"

"没问题。"一抹笑意漫上了吴谓的嘴角，他感到一种久违的轻松与愉悦，这条路也似乎没有了平日的拥堵，无比顺畅，他有点希望能够这样一直开下去，开到世界的尽头。

男孩开始磕磕巴巴地讲了起来。

他是一个航天迷，收藏了许多飞船的模型和画册，家里到处贴满了宇宙和星球的海报，甚至连他的电脑桌面都是模拟太阳系运行的轨迹，说起各种火箭的运载能力和空间站对接的全过程，他如数家珍。

他最大的愿望就是有一天能成为宇航员，去感受神奇的失重状态，用自己眼睛从太空中看一眼蔚蓝色的地球。

可是当他在班上说出这个梦想时却遭到了一致的嘲笑，有的说他太矮，有的说他额头有一条疤痕，到了太空会炸开，里面的脑浆会跑出来，还有的说："你爸爸是卖水果的，你妈妈是收租的，太空里没有水果也没有房子收租，你上去干吗？"

在哄堂大笑中，男孩跑出了教室，他再也不想回去，也不想回家。父母一天到晚忙着工作赚钱，闲下来就是打牌玩游戏，一开口就是要他好好写作业，根本不会听自己说这些不着边际的梦想。

在操场的秋千上，他觉得自己变得好小好小，影子投在沙地上，在夕阳下被拉得长长的、薄薄的，所有人都看不见他，从他身上踩过去，却留不下脚印。这时，一个老爷爷出现在他面前，挡住了落日的余晖。

"一个老爷爷？"吴谓警觉起来，"他长什么样？"

"他的脸被笼罩在太阳里，看不清楚，只能听声音和看走路的姿态。"

"他给了你一张黑色的卡片？就像这样的？"吴谓掏了掏自己口袋，却没有找到，难道丢在更衣室里了？

男孩点了点头，说："老爷爷要我去一个地方，说那里会有一个人，帮我实现心愿。"

吴谓不自然地笑了笑，好个老柳，居然玩起这套把戏，莫非他才是这一切的幕后策划人？可这究竟是为了什么？

"所以叔叔，你就是那个帮我实现心愿的人吗？"

"我吗，呵呵，是呀……"

吴谓嘴上含糊答应着，突然发现车子的自动驾驶系统把他们带到了一个以前从来没有注意到的地方，像是一座巨大的废弃游乐场，孤零零地立在马路旁边，有摩天轮、旋转木马、过山车……简直应有尽有。一艘银白色的火箭立在日光下闪闪发亮，似乎随时可能升空发射。

"哇，火箭！你果然没有骗我！"男孩兴奋地大叫着，吴谓却满心狐疑，以前从来不知道这里还有一家游乐场。

车子刚刚停稳，男孩便跑了出去，吴谓来不及阻止他，只能跟了上去。

没有工作人员也没有游客，一切都像是尘封已久的状态，静静等待着有人来开启。男孩跑到一个悬挂在半空的红色按钮前，下面写着"START"字样，就像是电子游戏里的那种重启键，他踮着脚尖够了半天，也没够到，只好求助于吴谓。

"叔叔，你帮我一下好不好？"他无助地望向吴谓。

吴谓走到那个按钮旁边，那儿立着一块落满了灰尘的牌子，上面似乎密密麻麻写着一些说明文字，他四处探望，想找块东西擦干净看一看，最后只从兜里掏出皱巴巴的眼镜布。

"温馨提示：进入赢家圣地的每一位玩家，都必须遵守游戏规则。这里的规则有且只有一条——玩家必须打破外界施加于自身之上的凝固状态，主动迎接改变，无论是身体的、身份的，还是时空上的改变，都是人类通往下一阶段的必经之路。只有改变，才是永恒不变的真理，这是赢家圣地所秉承的至上信念……"

这参禅般含混不清的行文让吴谓陷入沉思，小男孩斜着脑袋说："要不你抱着我，我来按？"

吴谓想了想，拍下了按钮。

像是隐形的蜂群从大地升起，一阵嗡嗡的电流声如波浪般涌出，在巨大的快乐机器间窜动，带来生气。似乎这个巨人打了一个长长的呵欠，从睡梦中苏醒，一切都开始为这两人忙碌地运转起来。

"谢谢叔叔。"小男孩眨巴了一下眼睛，乖巧地对吴谓说。

这表情似乎勾起了吴谓某段回忆，却又瞬间被眼前这宏大而喧哗的热闹庆典打乱了思绪。

吴谓和小男孩玩了过山车、旋转木马、摩天轮……还有各种赢取奖品的复古射击小游戏，奇怪的是，那些奖品居然还在，还能自动送到他们面前。小男孩几乎都抱不动了，吴谓找了个储物柜才把那些奖品都塞了进去，换回一把带着金色号码牌的钥匙。

他们心照不宣地把火箭留到了最后。小男孩沿着长长的舷梯爬上平台，突然转过头来朝地面上等着的吴谓使劲挥手，像是发现了什么新大陆。

"这上面说需要两个人——"

"什么——"吴谓大声喊着，声音在风里四散。

"正副驾驶员——不然没法开动！"

"好吧……"吴谓一边咕哝着一边不情愿地往上爬。上次他玩这种娱乐项目还是三年前，被两个孩子缠得不行，他才勉为其难地陪着在海盗船里大呼小叫了一通。但打心眼儿里，他对这种追逐感官刺激的游戏并无兴趣，并且认为那些热衷于此的人有着某种对高风险生活方式的病态偏好，总有一天会害死自己。

他不敢看向脚下的地面，高处的风摇撼着舷梯，舷梯微微震颤，他的腿有点发软。

吴谓终于双手双脚着地趴在舱门口，小男孩却已经坐在正驾驶的位子上，全副武装，很像是那么一回事。

"快点儿，你怎么那么慢，真的是老人家哦。"

　　吴谓好气又好笑地进了驾驶舱，舱门在他身后关上，齿轮咬合，发出沉闷的响声。麻雀虽小，五脏俱全，舱里的装饰和仪表盘还真像那么回事。小男孩摸摸这里又碰碰那里，兴奋得停不下来。

　　"别乱碰，碰坏了我们就完蛋了。"

　　"你先把安全带系好，我们要出发了！"

　　"出发？去哪里？"

　　"坐好了！"小男孩似乎没有听见吴谓的问话，只是重重拍下仪表盘上如卡通片般醒目的红色按钮，一阵奇怪的轰鸣声从四面八方响起。

　　吴谓以为只是老式电子游戏机的 8 位模拟音效，但紧接着座椅连带着整个人，甚至整个船舱都开始剧烈而持续地震动起来，一点也没有想要停下的意思。他开始恐慌起来，忙乱地扯着身上的安全带，以为这台老旧机器哪里发生了故障，就快要爆炸的样子，安全带却死死卡住，纹丝不动。

　　身边的小男孩突然发出一声尖叫，吴谓以为他是因为害怕，正想安抚一下，扭头却看见小男孩因为兴奋而涨红的脸。

　　"喔嗬！！我们要飞了——"

　　还没等吴谓回应小男孩荒谬的说法，一股巨大的加速度将他重重压在座椅上，让他几乎透不过气来，五脏六腑被震得翻腾不止，肾上腺素快速分泌让他心跳加快，血压升高。在万分惊恐中，他以为自己就要挂掉了，许多往事如电影残片高速回放，掠过眼前。

他注意到窗外的景色开始变化，光线由橘红变成暗紫，火箭真的升空了。一个蓝色发光物体出现在视野中，如此巨大澄澈，他花了好一阵子才回过神来，那就是地球。

这怎么可能呢？在那一瞬间闪过吴谓脑中的，竟然是该如何向妻子解释这一切。但随即一阵更猛烈的加速度袭来，他眼前一黑，失去了知觉。

不知道过了多久，冰冷的流水让吴谓醒来。他发现自己倒悬着，头发泡在水里，身体仍牢牢地被绑在座椅上，动弹不得。小男孩被困在离水面更近的一侧，咿哇乱叫，努力将半个脑袋探出水面。水正不断从破损的舱门处涌进来，使得倾斜的水位不断上升，很快将会把两人都淹没。

"快！快救我啊——"小男孩发出小动物般的咕囔，不时被水呛到。

"这玩意儿怎么解开啊……有没有什么按钮……"吴谓手忙脚乱地摸索着，可越是挣扎，那安全带就收得越紧，像蛛丝般层层包裹，让人无比绝望。

"……我快不行了……"小男孩的声音消失在水中，只剩下一串气泡凌乱破碎。

"……坚持住！"

吴谓深吸一口气，将头探入水面，瞪大双眼，试图寻找到解开安全带的机关，可原本应该是按扣的地方，如今却没有任何可以拆解分开的结构，这简直让他精神崩溃。他努力拽了拽系带连接座椅的部位，坚不可摧。他无计可施，只能再把头探出水面，深吸了一口气。留给他的时间已经不多了。

我要怎么做才能活下去？吴谓惊讶地发现，在生死面前，人的潜能能得到无限的激发，所有日常的琐碎烦恼，全都变得如微尘般不值一提，被注意力抛之脑后。而所有的认知资源全都被放到求生上来，一个又一个的方案如气泡般浮现随即破灭，他逐渐看清了自己的处境，任何常规的逻辑与理性都无法拯救他，更遑论那个小男孩。

拍下 START 按钮前的那段说明文字突然无端蹦出，吴谓被其中的几个字眼所激发，改变，凝固，身体。莫非这正是游戏的一部分？可是我要怎么改变自己的状态？

水已经没到他的下巴，马上就要阻断氧气。吴谓已经没有时间再思考，他放弃了抵抗，全身放松，沉入水中，任由冰冷的液体充斥自己的五官腔体。如果这是个游戏，那所有的角色技能必须有触发机制，就像《超级马里奥兄弟》里的蘑菇。

他别无选择，只能放手一试。

吴谓与自己身体中的本能搏斗着，亿万年来形成的恐惧反应模式让他下意识地封锁呼吸道，阻止水进入自己的肺部，但当他完全放松身体之后，却惊讶地发现自己并没有窒息，相反却呼吸得更加顺畅。

这也许就是规则里所说的改变？

他尝试着将身体从安全带里挣脱出来，一切都像是在瞬间发生的，他的四肢变得柔软无骨，身体变得扁平，似一条海鳗般滑溜地从被紧缚的躯壳中游出。他感受到了自由，但同时又想起了小男孩，那个等待着被自己拯救的生命。

可是另一个座椅已然空空如也。

吴谓奋力在幽暗水面下寻找着小男孩的踪影，却一无所获，无奈之下只好顺着水流的方向游出船舱。外面是一望无际的海面，暮色微露，在海天相接之处有紫色薄雾如轻纱浮动。他甚至不知道自己是否还在地球上。

"就知道你没问题的。"

吴谓猛地扭头，看到同样浑身赤裸的小男孩坐在逐渐下沉的船舱顶上，正笑嘻嘻地看着自己。

"你……这究竟是在哪里，这是怎么一回事？"

"这里就是赢家圣地啊，不是你自己选择要来的吗？"

"我……这是虚拟现实？还是什么人造幻觉？"吴谓看着自己的双手，与记忆中并无二致。

"这些很重要吗？难道你应该问的不是怎么离开这里吗？"

吴谓环顾四周，他赤裸的身体轻盈地漂浮在水中，不冷也不热，像是回到了母亲的子宫中，一切都是刚刚好的样子。他已经许久没有这种感觉，一种纯然天成、回归赤子的自由感，毫无拘束与负累，仿佛下一秒钟便可以突破重力，翱翔天际。所有令人窒息的灰暗现实都可以被抛到脑后，眼前只有纯粹的自我探索。如果这是一个梦，那不妨做得久一点。

"所有这一切都是柳老师创造出来的？"

"不完全是，他提供了部分核心理论依据。"

"所以你是谁？或者说，你是什么？"

小男孩笑了笑，纵身一跃，在水面扑起浪花，倏忽间像鱼儿般快速向前游去，清脆的回答飘荡在空气里。

"我就是你的领路人呀——"

吴谓跟随着小男孩，像鱼儿一般划开海面，高高跃起又落下，不知道花了多长时间才抵达岸边。他并没有感到疲惫，如果这并非系统预先设定的效果，那就没有存在的必要。这跟现实完全不一样。

他想起自己有时在办公室里枯坐上一天，就算什么也不干，到下班时也会感觉精疲力竭，像被榨干的橘子。

也许这也是另一种系统设置吧。

两人从夜晚的海里走来，身形逐渐变高，踏上细腻的沙滩，海风拂过，竟有凉意。吴谓抱起双臂，扭头看小男孩已经换上了一身便装，十分清爽。

"连身体都能变，为什么不添件衣服。"小男孩笑说。

吴谓若有所思，他皮肤上出现了一层雾气般流动不定的物质，颜色与样式经过几轮转换后，终于凝固下来，还是他所习惯的商务休闲装。人往往习惯了一样东西之后就很难改变，哪怕外部环境已经发生了翻天覆地的变化。

"所以接下来我们要去哪儿？"吴谓望向岛屿深处，在丛林背后，有星星点点的光亮，似乎隐藏着一座城镇。

"你满足了我的愿望，现在该轮到我满足你的愿望了。"小男孩眨眨眼，那种熟悉的感觉又回来了。

"你到底是谁？你叫什么名字？"

"就叫我微微 2.0 好了。"

"微微……2.0？"吴谓搜索着记忆，这个名字并没有掀起什么波澜，或者只是随机取名的 AI 角色。

"话说回来，你觉得名字还重要吗？"

小男孩兀自走去，消失在一片茂密的灌木丛间，不知何处传来无名鸟兽的啸叫，吴谓赶紧跟上。

丛林中的一切都如此精细真实，蛛网的微弱反光，藤蔓植物上滴落的露珠，从脚边滑过虫豸的细碎脚步声。吴谓惊叹于这一切被虚拟得如此真实，他想起了自己的两个孩子，吴用用和谢天天，以及他们那代人所熟悉的另一个世界。

作为 2030 年后出生的一代人，他们被媒体称为"V 一代"或"虚拟一代"（V-Gen），是虚拟世界的原住民。对于前面几代人来说十分纠结的"真实"与"虚拟"的界限，对于他们来说根本不存在，一切都是真实的，一切又都是虚拟的，只有有趣和无聊之分。适应视野中出现的叠加信息、奇怪物体以及频繁切换的虚拟界面，就像吃饭、睡觉、走路一样平常。

儿子吴用用大部分时间都在虚拟游戏中，就像在经典科幻小说《头号玩家》所描写的大型虚拟现实游戏"绿洲"那样，只不过换了个名字。传统大型多人在线游戏可以让成千上万名玩家通过互联网互相连接，共存于同一个虚拟世界中，但总体来说只是一个世界或者几个小星球。玩家也只能通过二维的视角——也就是电脑显示屏，来接触这个小小的在线世界——能实现互动的工具也仅仅只有键盘和鼠标而已。

而在"绿洲"中，系统提供了数千个高拟真度的三维世界供人探索，它是一个"开放式的现实"，每一个玩家都可以创建自己的世界，设计自己全新的身体。

"在'绿洲'里，肥佬可以变瘦，丑人可以变美，生性羞涩的人可以变得活泼，甚至成为为所欲为的歹徒。你也可以改写你的名字、年龄、性别、种族、身高、体重、声音、发色，乃至骨骼结构。你甚至可以放弃人类的身份，当个精灵、食人魔、外星人，或者其他电影、小说、神话里才有的生物……"

吴用用把这段话背得滚瓜烂熟，甚至设置为自己进入游戏时需要反复聆听的教诲，就像是某种受洗仪式。

想起儿子，吴谓不由苦笑着摇了摇头，新的一代人完全不像自己少年时，需要遵循由老师或者学校，换句话说，成人世界所指定的一整套规则，越适应规则的孩子能得到的奖赏越多。所以我们的整个教育系统其实不是在培养孩子，而是在制造成人。

而在吴用用的游戏里，每个世界都可以拥有自己的规则，无论是物理规则还是社会规则。可以是零重力环境或者土星光环上，可以是黑魔法时代或者凭仗蛮力的罗马斗兽场，穿越于星门之间的太空歌剧，可以是硅基生物之间独特的脉冲交流，也可以是将感官完全错置的通感世界……在这里，只有想象力才是现实的边界。

微微2.0不时回头看吴谓一眼，这让吴谓回想起在船舱里的惊险一幕，他也开始理解儿子所沉迷的世界，那种可以随意改变自己感官信号的生活是怎么一回事。

借助穿着的体感服可以同步体验他人所有身体感受，但这种感受又是通过另一个人的体感服传递而来，看似真实的感官体验其实却经历了两层中介的作用，倘若我们再加上经由操控虚拟化身进而遥距传感来自真实世界的传感器数据，则是三重中介。我们已经无法分辨每一层之间的区别，从感官角度看，真实与虚拟其实就是一回事。

为了防止沉迷，每隔一段时间系统会自动切换到真实场景模式以维持"现实感"，但玩家可以通过虚拟货币换取更长的间隔时间。事实上，整个虚拟世界的经济体系都建立在"体验"基础上，你可以通过创造虚拟物体、提供虚拟服务或售卖虚拟体验来换取虚拟货币，体验的想象力、独特性及对人类生理心理机制的洞察力将决定其价值。

吴用用认为自己可以成为一名体验创造者，他擅长在游戏世界里寻找最为危险最为人迹罕至的边疆，并选择适当的虚拟化身，创造出独一无二的体验。他凭借着这种特殊的天赋和技能已经赚取了不少虚拟货币，并赢得了一定的声誉。他希望能够沿着这条路走下去，而不是像传统的父亲所希望的那样，进入高等学府，和另外数万名来自全世界的学生一起竞争，最后取得某个天知道有什么用的学位。

毕竟后者是吴谓所熟悉的赢家模式，他希望在自己儿子身上复制这种成功。这也是他和妻子谢爽之间诸多不可调和的矛盾之一。

妻子希望让儿子干自己喜欢干的事情，哪怕以世俗标准衡量不那么成功，但至少能成为一个健康快乐的人，她永远不会说出口的下半句潜台词是"而不是像他爸一样"。

吴谓心知肚明，为此他经常报复性地威胁儿子说，如果他不去上学，就会申请封禁他的游戏账号。在这件事情上，无论哪个时代，似乎都是一样的。

而在女儿谢天天身上，又是另外一回事。

"我们到了。"微微2.0打断吴谓的沉思。吴谓抬头，眼前的景象让他大吃一惊。

毫无疑问这座小镇是为他吴谓量身打造的。每一处场景都是他所熟悉的日常生活的一部分，从公寓到停车场，到写字楼的电梯、办公室，甚至每天午后小憩的咖啡馆，都丝毫不差地被复制出来。

不单单只是复制一次，而是加倍奉送，所有的场景都乘以七，然后以空间叠加的方式组合起来，形成一座迷你小镇的形态。

"这是什么？"吴谓不知该作何反应，尽管他知道这一切都是系统虚拟出来的，但当一个人有机会以如此具体而微的方式窥探自己生活的全貌时，还是不免被这局促而琐屑不堪的匮乏感所震撼。

"你的愿望。"微微1.0轻巧地回答，"你不是希望看到生活的更多可能性吗？"

"可我从来没有想到会是这样的……"

像是同样的电影片段拷贝七遍同时播放，却如复制DNA产生了变异，每个片段的细节都有些许差别。

吴谓看到七层一模一样的公寓楼里，妻子与儿女以同样的步调行动着，准备晚餐，沉浸游戏，或是呆滞地望着虚空。七辆车子先后进入地库，七个吴谓在驾驶座上沉默许久，离开车厢，进入电梯，肩并着肩，却如同面对陌生人般视而不见。他们进入不同的楼层，敲开每一扇门，面对同样的谢爽、吴用用和谢天天。每一个吴谓说出的话，做出的举动，虽有不同，但大差不差，引发家人做出反应，导向不同的剧情发展。

无论如何，这七条故事线都同样的乏味。

"这是游戏吗？"吴谓问微微 2.0。

"这是你的生活。"微微 2.0 回答。

"可为什么是 7？这个数字代表着什么？"

"可以是任何一个更大或更小的数字，只不过是经过反复迭代之后收敛到 7，这是对你的感官系统友好的数字。"

吴谓不确定自己完全理解了微微 2.0 话里的含义。

"你不想进去看看吗？"微微 2.0 微笑着问道。

"我看不出这有什么不同之处，只是一些无关痛痒的变量。"

"不同之处在于，你可以把脚伸进别人的鞋里。"微微 2.0 又眨眨眼。

"什么意思？"

"我带你试试。"

他们走近那栋公寓，还没等吴谓试图制止，微微 2.0 就按响了门铃。是吴用用开的门，吴谓低头看着自己的儿子，正在琢磨应该开口说点什么，可微微 2.0 却把他的手一攥，两人如孙悟空般"跃入"了吴用用的身体里。之所以说"跃入"，是因为所有

视线角度的转变都是瞬间完成的，没有更好的词语能够形容这种古怪的感觉。

吴谓用儿子的眼睛去看，用儿子的耳朵去听，甚至所有的心理活动，他都感受得一清二楚。

"谁啊？"他听到了自己的声音从客厅传来，一阵混杂着厌烦与恐惧的感受升起。

"外面没人。不知道谁恶作剧。"儿子怯怯回答。

"该不会是你幻听了吧，让你少玩点游戏。"父亲或另一个吴谓冷硬回道。

"哦……"他明显感觉到儿子内心的抵触情绪，似乎所有的错误都归咎到吴用用的身上，这已经成为一种父子交流的定式，而儿子所能做的只有逃避。

"别玩了，帮你妈收拾一下桌子吃饭了。"

"哦……"

儿子怀着满心的不情愿坐到桌上，对食物兴趣缺乏，对父亲更是如同隔着一扇透明的屏障。两人近在咫尺，却无法进行任何有意义的交流。吴谓从未想过自己在儿子心目中是这样的形象，他总以为自己每天为家人辛劳，回到家中理应得到尊重和善待。他试图改变儿子的想法，主动摆出友好的沟通姿态，以儿子的身份主动挑起话题。

"爸，今天在公司里有什么有意思的事儿吗？"

另一个吴谓抬了抬眼睛，满脸的不耐烦："上班能有什么意思，还不都是那些鸡毛蒜皮的破事儿。"

"那你还每天在公司待那么久。"

"还不是为了你们两台'碎钞机',学费谁掏?游戏谁买?吃喝拉撒睡不都是钱。"

躲在儿子身体里的吴谓几乎想冲上去抽自己一巴掌,可他没有,毕竟自己只是客人,而且儿子打老子似乎有点违背自己立下的规矩。他只能沉默地埋头吃饭。来自儿子的情绪和自己生发的情绪混杂在一起,如牛奶和咖啡,漩涡中分不清界限。这种感觉过于奇妙了。

"要不要换个人试试?"微微2.0的声音在吴谓耳边响起,"试试你妻子?"

还没等吴谓回应,他们又是一跃,已经从饭桌的这头"跃入"正端着菜上桌的谢爽身上。

一阵强烈的疲惫如浸水棉被般包裹住吴谓的身心,让他一下子喘不过气来,可还有那么多活儿要干,衣服要洗要晾,孩子功课要辅导,家里要打扫,明天还得去看望生病的亲戚。可这一切眼前的这个男人,自己的丈夫都不闻不问,似乎与他毫无干系。谢爽放下菜,看了一眼吴谓,想从他身上找到一丝半点慰藉,可是没有,他只是自顾刷着工作邮件,对眼前这个忙乱了一整天的爱人视而不见。

这样的状态已经持续多久了,好几年了吧。吴谓分明感到自己心里一凉一沉,那是妻子的心慢慢枯死的信号。甚至,他感受到了悔恨,与追求新生的渴望,可随即又化为绝望。他从来没有想过妻子竟然如此厌倦自己所扮演的角色,厌倦自己的另一半。

真的一点爱都没有了吗？吴谓不甘心地发起尝试。

"听说最近刚上的沉浸式戏剧《剧本人生》很不错，不如找时间去看看？咱们也好久没一起看戏了。"谢爽假装突然想起来，手搭在吴谓肩上。

"哦，好，找个时间。"吴谓的眼睛没有离开过屏幕，肩膀不自在地耸了耸，像是下意识地要甩开这额外的负担。

"最后一场是周五晚上。"

"周五晚上……我看看，好像有会诶。"吴谓声音里露出一丝制式化的为难。

"能不能推了？就这一次。"

"亲爱的，这关系到我下半年的业绩能不能达标，说好了，下次一定陪你。"

谢爽内心竟然一点波澜都没有，她早就预料到了这样的结果，这样的对话似曾相识，不知道重复过多少次，说好了永远说不好，下一次总有再下一次。她不知道自己为什么还会做这种愚蠢的尝试，甚至带有一种自取其辱的羞耻感。她只想赶紧吃完这顿饭，干完所有家务，躲回自己的床上，躲进那些愚蠢而无害的搞笑视频节目里。

附在妻子身上的吴谓产生了一种生理性的不适，他恶心、头痛、想吐，甚至不知道这究竟由何而来，是眼前的自己，还是漫无止境的折磨，他只想赶紧离开。

"还想看看谢天天吗？"微微 2.0 问道。

吴谓犹豫了，他和女儿的交流更少，天天完全活在属于自己的世界里，妻子嘴里所谓的"时空旅人"，根本无法预测自己在她眼中会是怎样一种形象。

尽管吴谓不是那种铁板一块的古怪宅男，也会在意别人对自己的看法，但以如此直接而沉浸的方式代入第三方的视角，甚至还能"读心"般产生情感上的共鸣，这还是第一次。信息冲击是如此巨大，他久久没能缓过神来。

罢了罢了，不知道也好。吴谓，或者妻子谢爽的目光投向窗外，那些街道、写字楼和咖啡馆，还有下属、老板、竞争对手、服务员、路人……在他们的眼中，我又是一个什么样的人，我的存在对于他们意味着什么？

甚至生活还出现了不同的平行剧本，剧情无限分岔，这么想下去似乎无休无止，让人精疲力竭。但他又无法停止想象，一旦经历过身份认知的流动，大脑中的某块区域就被激活，就像一个无法抹去的烙印，将深深影响他今后看待自己与他人的方式。

"我不明白……这一切的意义在哪儿？"

两人回复到正常的状态，坐在山坡上，看着属于吴谓一个人的小镇，七重人生如同一曲结构精巧复杂的赋格，不断交叉重复变奏，却永远无法抵达高潮。

"作为一个赢家，你在单一的价值观坐标里生活得太久太久，"微微2.0现在说话听起来根本不像一个七岁男孩，相反，更像一个比吴谓要年长智慧得多的老人。"而单一价值观总是很脆弱，就像一座沙子堆成的金字塔，一旦受到来自外部的挑战便可能引发系统性雪崩。那些自以为是人生赢家的，往往会因此一蹶不振，甚至走上绝路。而一旦你看到了更大的图景，就会有完全不同的想法……"

吴谓看着小镇，若有所悟。

在他眼中，虚拟化身们的生活轨迹逐渐虚化加速，像高速粒子在夜色中绘出光的形状，那些形状虽然表面各异，可倘若抽象成数学模型，它们却高度一致。

正如绝大多数人的人生。

"所以老柳把你制造出来，就是为了给我们这种人传道授业解惑的？"

微微2.0眨眨眼："那是另一个故事了。"

柳微微出生时，得到了父亲老柳给他准备的一件礼物，当然他当时对此一无所知。

礼物是一套高清全身扫描仪，外形像是魔术师手中的圆环，只要将它套过身体，所有的身体拓扑数据便会被传送到云端平台进行渲染加工，建成等比例的3D模型供用户下载绑定使用。

微微长得很快，扫描仪的尺寸也得不断加大。这些不断更新的数字模型形成一个时空连续体，亲戚朋友们可以在百日礼上，看着微微由呱呱坠地的婴儿快速长大的全过程。由于孩子太小，还无法用自主意识去驱动虚拟化身，因此父亲记录下他的一些动作数据和声音模式，并托管给AI程序，即便这样，也足够逼真了。当出差在外的时候，父母也可以随时与孩子（他的虚拟化身）进行实时的沉浸式互动，毫无疑问，这种虚拟交互所维系的情感纽带却是真真切切的。

老柳的妻子，微微的母亲，却对这种虚拟化身深感困扰不安。她是属于旧世界的人，总觉得用这种方式来传递爱意有违自然法则。她甚至暗中认为老柳对虚拟化身倾注了更多的爱，超过了对他真正的儿子。

微微第一次接入镜像世界是在他十八个月的时候，经检测他的视觉系统已经足够成熟，一切发生得自然而然，他接入，看到自己的虚拟双手和身体，一面拉康式的镜子帮助他在真实自我与虚拟化身之间建立认知上的联系。他动了动手指，咧嘴微笑，虚拟化身丝毫不差的反应，甚至可以带动虚拟环境的效果变化，比如挥手拉出彩色光带，或者所有的虚拟物体会根据化身的面部表情进行相应的反馈，这种看似廉价的小把戏却获得了大众的欢迎。

在很早之前人们就发现，决定虚拟现实真实感程度的并非美学风格，而是是否像真实世界一样，营造出一种连续、低延时的感官反馈机制。因此，哪怕是低多边形风格的场景也能带来超过电影级现实主义的沉浸体验，只要设计得足够巧妙。而带入真实玩家的互动便是最为有效的撒手锏，每个个体之间不同的反应模式和千变万化的组合，会带来超过任何 AI 算法所能模拟出的趣味性，这些由真实人类大脑驱动的虚拟化身充满了不确定，一举一动间折射出背后的性格与认知差异，夹带着温度与情感，如同平行相对的镜面，能够反射出无穷无尽的人性深渊。

这也是老柳的用意所在。其时他正与另一个神经生物学家展开某项重量级的联合研究，希望从数学层面上建构一个个体从出生之日起对于身体及自我认知的发展全过程。

而当时妻子并不知道这个秘密项目的存在。

尽管微微正处于一个全方位迅猛发育的初始阶段，但某种对于他者的好奇心已初见端倪，无论是在真实世界或是虚拟空间。甚至，他对于虚拟化身的兴趣超过了育儿房里的活人，这也并不是很难理解的事情，毕竟他们能将烦人的哭闹转化为愉悦的视听效果。渐渐地，孩子们不再满足于依样画葫芦的复刻版虚拟化身，年纪稍大一点的换上了流行文化的符码形象，将自己投射到卡通偶像的躯壳上，同时不可避免地带上了其某方面的精神特质。

但这种投射还仅仅局限于拓扑形状对位的变身，人形对人形，四肢对四肢，所有的功能与感知都是因袭旧有的模式。而早在杰罗·拉尼尔的时代，他一直幻想能利用虚拟现实技术将自己变成一只能够行走的龙虾，手臂变成钳子，耳朵变成触须，双脚变成尾巴，这些转变不仅仅是视觉形象上的，也包括相应的运动机能。而到了斯坦福大学的杰里米·贝伦森时期，他通过实验发现，人们通常只需要4分钟便可以将大脑中手脚操控的神经回路进行重置，就好比你用踢腿去操控虚拟化身的手，而用挥手去控制虚拟世界中的脚。这种神经可塑性和认知流动性对正处于成型阶段的婴幼儿来说简直像打开了一扇无限可能的大门。

这正是老柳所希望达到的效果，通过改变可无限复制的虚拟化身，来验证人类神经系统对于身体的感知与控制是否可以突破认知上的局限，甚至，拓扑学上的界限，达到一种真正的自由。

五岁，微微开始学会用耳后肌肉群去操控他的虚拟触角，其灵巧程度堪比双手，用后背肌肉去控制双翼，用复杂的关节运动去使唤附肢。所有这一切在他幼小的心灵中都是正常合理的，他对于身体的认知已经超越了固定的性别、种族甚至物种的概念，对他来说，功能即结构是最为朴素的道理。当然，他也将像其他属于这一时代的孩子一样，面对同样的问题，当他们回到现实物理世界之后，会对自己单一、局限、沉闷的身体功能感到失望。

一个夏日的午后，老柳的妻子突然发现七岁的微微不知去向。在湿气蒸腾的教工大院里，她遍寻不着儿子，只能一家家地敲开邻居的房门，试图从小玩伴的嘴里得到线索。

那些孩子都说微微最近有点怪，老想变成一条鱼，在水里游，还说自己能够在水里呼吸，别人要是不信他还着急，说要游给人看。

妻子一听就急了，赶紧给老柳打了电话，院子里各家大人也都纷纷出动，到附近的水体找人。

尸体是当天晚上在学校后山的水库里捞出来的，微微浑身赤裸，缠满了墨绿色的水草，活像一条被放生又难逃劫难的鱼。

妻子号啕大哭，而老柳只是呆呆地站着，浑身湿透，几绺头发贴在前额，七魂丢了三魄的样子。从那之后这个家就垮了。老柳沉浸在镜像世界里，和微微的虚拟化身不分昼夜地待在一起，就像那是儿子的一个数字鬼魂。而妻子却完全见不得那个玩具，她会歇斯底里地大叫，情绪崩溃，并把所有的错归咎在老柳身上。那还是远在她知道名为"德尔塔"的秘密项目存在之前。

微微永远停留在了七岁，无论在现实中还是虚拟空间里。老柳与妻子的关系也凝固在了那个破碎的瞬间，任凭怎样努力都难以修复回原初的状态。

那已经是 20 年前的事情了。

听罢微微 2.0 的故事，吴谓陷入了沉思。按照时间推算，发生这桩惨案时应该正好是自己离开学校前后，他竟然毫不知情。或许是老柳将心事包藏得过分谨慎，也可能是自己全副身心投入名利场，想要出人头地，根本无暇顾及旁人。

或者两者兼而有之。

他竟然有几分心疼，为自己的导师，为师娘，也为了那个过早夭折的生命。

"所以老柳就靠你聊以慰藉……或者，你就是他另一段生命的延续。"吴谓开始明白为什么小男孩身上有那么多令人熟悉的气息，甚至连他童年的经历都混杂了老柳的真实家庭背景，一个寒门出身的天才儿童。

"老柳试过很多不同的方式，甚至给自己也建了一个虚拟化身，陪伴我随着时间长大，毕竟在程序世界里这并不花费什么力气。可最后他还是决定让我停留在这个模样，也许在他心目中，这就是最接近真实的。"

吴谓想起了自己的两个孩子，一种柔软而温暖的情绪突然充盈起来，他有点想要回去，回到真实的世界里去了。

"老柳肯定想永远陪着你。"

"对于虚拟化身来说，这也不是不可能啦。但是，你有没有想过，当父母知道他们有一天不会死并留下自己的孩子时，父母和孩子之间会有什么样的关系？"

"你的意思是？"

"当你 30 岁的时候，你有了吴用用，如果你能活到 200 岁，他就已经 170 岁了。但那是 170 年前发生的事情，亲子只是你生命中的一小部分。170 年间可以发生很多事情，历史上许多王朝更替都比这个时间要短。外部世界的变化对人的影响远远超出你的预期，你和你儿子都已经不是 170 年前的那个人了，你们需要不断地重塑自我，包括职场上、科技上、社会关系上，甚至需要适应新的星球环境。可你们还是父子，还期待彼此像原先父子一样对待彼此，你懂我的意思吗？这是极其荒谬的一件事。"

"我现在有点懂了，所以他宁可保持现在这样。"

"这是模拟计算出来的结果，就跟你的七重人生一样。"

"那接下来我们做什么？是不是该结束这一趟游戏了？"吴谓一直在回想自己究竟是什么时候进入虚拟世界的，是从舱体里出来时？更衣室里，还是在车里？他说不清楚，这一切都发生得太玄虚了。

"作为一名赢家，你还没有克服自己内心深处的不安全感。"

"这话听起来很矛盾呢，小伙子。"

"不矛盾。真正幸福开心的人很少是赢家，因为他们根本不需要成为人生赢家。驱使像你们这样的人不断自我苛求，挑战极限的动力，就来源于你们人格中根深蒂固的不安全感。"

"我竟然无法反驳。"

"所以，想想你自己最大的不安全感是什么，你又将如何面对它。"

"我……不知道。"吴谓仔细想了想,坦诚道。

"所有赢家最害怕的就是失败,对于你来说,最大的失败是什么?"

吴谓沉默了,一系列念头闪过他的脑海。是职场失势?投资失败?家庭崩溃?还是别的什么不可预知的风险?对于中年男人来说,成功也许只有一种,但失败却可能有千千万万种,每一种都将是致命的。

"你愿意代入妻子与儿子的视角,却拒绝代入女儿的,为什么?"

"我……"吴谓自己都没有意识到这一点。

"也许对于你来说,女儿是你完美生活中的一道裂缝,这道裂缝会越变越大,变成引发大厦坍塌的一场事故。潜意识里你将女儿视为人生失败的潜在诱因,你想要逃避这个现实,刻意忽视她的存在,甚至否认你们俩之间的情感联系。"

"我没有!"吴谓突然失去了力气般,语气疲软下来,"我没有……"

"那我们回去?"

微微2.0指向不远处的那栋楼,所有重复的场景开始交叠融合放大,最后变形为一个单独的房间,在那个巨大而空旷的暖色房间里,地板上孤零零地坐着一个女孩,她空洞的双眼似乎在望向两人,又仿佛什么也没有看见。

吴谓看着那张脸,开始憎恨自己做出的选择。

一开始,吴谓和谢爽以为自己特别幸运,生下如此懂事乖巧的女孩，当别的婴孩使劲哭闹时，天天总是安静地躺在婴儿床，望着粉色的天花板，一声不吭。

直到 18 个月后，他们才开始意识到，这也许与性格无关，而是某种隐性疾病的征兆。

基因检测结果表明，天天染色体上位置为 chrY：16807351-19304967(hg19) 的基因组出现 2498kb 的杂合缺失，这非常罕见。该段缺失和智力低下、癫痫、语言障碍、视网膜发育不良、心脏病等高度相关。带有这类基因缺失的孩子出生后异常安静、喂食困难、啼哭乏力迟滞、面无表情、对周围人及环境缺乏兴趣。

抉择是艰难的。对于吴谓来说，这意味着经年累月的额外照顾与不菲花费，或者一辈子也无法等到女儿好转的那天。

抉择是简单的。对于谢爽来说，这是属于她的孩子，一条生命，她不会把谢天天丢到专业医护机构里，任凭她成为诸多被"遗弃"的病儿之一。甚至，她根本不相信自己的女儿有问题，在她看来，女儿只是换了一种与常人不同的方式看待世界，进行沟通交流，但在本质上，与其他人没有任何不同。谢天天仍然是那个最美丽聪慧的孩子。

吴谓选择了妥协，或者说，逃避。他努力赚钱，保证经济上的强力支撑，但从情感上，他总是浅尝辄止。他怕自己对女儿的付出得不到任何回报，哪怕在遥不可及的未来，这与他的成功哲学背道而驰。他不敢去爱。

于是，担子就落在了谢爽的肩上。

谢爽是两个孩子的母亲、吴谓的妻子、在读艺术史博士生，以及，一个虚拟现实艺术家、教育家、自学成才的认知治疗师。

她接受了中央美院本科和英国皇家艺术学院的硕士教育，又继续攻读宾夕法尼亚大学的艺术史博士学位。她所在的学院将视觉艺术史作为一种理解研究手段，进而理解人类智力和文化发展史。文艺复兴时期的宫殿、安藤广重印刷品、现代清真寺、伊特鲁里亚人的坟墓、米拉·奈尔的电影等都被带到这里作为学生们研究的对象。

谢爽研究的领域是人类艺术史上的时空感错乱问题，从乔伊斯的《尤利西斯》、John Cage 的《4 分 33 秒》《记忆的永恒》或《清明上河图》、巴厘岛的桑扬舞、亨利·摩尔的大型纺锤件、萨拉·凯恩的《4：48 精神崩溃》到库布里克的《2001：太空漫游》，人类最为杰出的创作者们通过不同的艺术形式挑战日常生活中的线性时空观，试图诱导出大脑对于时空感知的另类可能性。

而现在，谢爽正在尝试分析虚拟现实究竟是如何改变我们对于时空的感知的，这或许能够帮助女儿与正常的世界搭建起沟通的桥梁。

事实上，早在虚拟现实技术刚刚兴起之时，人们就观察到身处虚拟空间的体验者们会因为感官的放大效应和丰富的细节而错误判断自己的浸入时间，通常来说，体验者们的主观时间会是客观时间的两倍，也就是说，现实中只过了 5 分钟，而体验者们会误以为自己已经在虚拟世界里待了 10 分钟。

这种时间感的倍数关系能够被操控且利用。

虚拟现实体验开发者们利用人类大脑对于时间感知的小小后

门，制作出许多奇妙的应用，包括在具体场景中的时间冻结、减缓、加速、倒放等。由于强烈的沉浸感和临场感，每个体验者都获得了在正常物理时空中所无法想象的超凡感受，甚至可以在同一个剧情场景中允许不同时空流动速率的并存，仿佛是一条均匀平整的河流中出现了湍流、旋涡和泡沫，由此也大大丰富了各种游戏的玩法。

不只是游戏，同样的逻辑也被应用到许多商业虚拟现实场景中。

商家会在希望消费者充分体验、提高购买决策概率的场景减缓时空速率，而在一些无聊的、冗长的垃圾时间尽量提速，AI 也被引入这一机制，它能通过监测消费者的一些生理数据来判断用户究竟是兴奋、欣喜还是厌烦、不适，从而自动反馈到时空速率上。

统一的时空观已经被打破了，每一个人都活在自己的河流里。

而一旦退出镜像世界，回到均匀单一的物理时空，许多人明显感到不适，这种不适是生理性的，也是心理性的。严重者甚至会产生官能障碍，仿佛自己成了被囚禁于时空茧中的提线傀儡，逐步丧失自主行动及沟通能力。

这些人被称为"时空旅人"，一种带有粉饰意味及政治正确的荣誉称号。

谢爽的课题便是通过跨学科的研究，希望以逆向工程的方式，开发出能够逐步矫正、恢复"时空旅人"对于正常世界时间流速适应能力的艺术形式与体验。但正如伊凡·萨瑟兰为世界上第一台头戴式显示器所起的名字"达摩克利斯之剑"一样，任何技术都是一把双刃剑。对于"时空旅人"来说是解药，而对于另一批玩家来说，却恰恰可能成为诱发新病症的潜在魔鬼。

谢爽并非对此毫无知觉，但了解得越深入，她仿佛像浮士德博士般，无法自控地想要更多。因为在她眼中，女儿谢天天就是另一个版本的"时空旅人"，被囚禁在了另一个平行宇宙中，无法跟"现实"世界里的家人建立联系。

或许她所研究的技术便是能打破这一屏障、解放女儿的武器。

为了追赶进度，她经常把自己囚禁在近乎静止的虚拟时空中，以争取到更多学习与思考的时间。这让她与吴谓在情感上的距离也日渐疏远，某种程度上，谢爽成了她自己想要拯救的那一种人。

微微 2.0 将吴谓带到了女儿的房间前。

"准备好了吗？"微微 2.0 男孩问。

吴谓摇了摇头，他永远不会有准备好的一天。在他的世界里，一切问题都可以通过计算得出确定的答案，没有模棱两可，或者无法界定的灰色地带。但在情感上，尤其在女儿面前，他感觉自己就像面对一个深不可测的黑盒子，无法用理性和逻辑去推演，你永远不知道你的输入会得到什么样的结果。

对于吴谓而言，这就是失败。

微微 2.0 牵起他的手，纵身一跃。

活了这么多年，吴谓第一次感觉自己濒临失控边缘。人类语言已无法表述他所处的状态。

最初的狂乱之后，恐慌逐渐消退，吴谓醒悟过来，这便是女儿所感受到的时空。

他无法看见，却不是黑暗；无法听见，却不是寂静。似乎所有感官都被悉数剥夺，无法遏制的恐惧如潮水般冲击着理智，他开始明白为何天天会如此安静，一切都在混沌之中，感受陌生而强烈，甚至比五官健全时还要丰富敏感，但是你却无从把握其含义，所有与信息对应的意义都断裂了，留下的只是刺激本身。

他像个附身的幽灵，飘荡在这无解的世界，更绝望的是，作为人类的自我意识在渐渐模糊、冲淡。

某种知觉在迅速膨胀，其他感官蜷缩到次要的位置，像是整个躯体被包裹于一枚无比巨大的蛋黄，你能感到四面八方传来有节律的震颤，一种均匀的压力迟滞而坚定地迫近，仿佛有一只巨手捏着这枚鸡蛋，而它将无可避免地走向破碎。

世界便是这枚鸡蛋。

这就是谢天天的不安全感，比吴谓所体验过的所有脆弱与惊恐加起来还要强烈。

他突然有种强烈的冲动，想抱抱女儿，抱抱这个宇宙间最孤独的孩子。

一些感觉的残片开始浮现，游荡在意识中，来自另一个人类的体温、皮肤的触感、拥抱与亲吻的混合物、毛发拂过脸庞的瘙痒、湿润的气息、手臂上最后的一线疼痛。

吴谓猜测这是来自谢爽的记忆片段，毕竟她是那个花了最多时间在女儿身上的人，尽管随着时间流逝，这些信息也都将无法挽回地逐一消逝，甚至连这个人，这个名字也会像水面的皱褶，平复如不曾存在过。

但他猜错了。

那发根坚硬、气息中带着烟味儿、手指上触感粗糙，那不可能来自妻子，而只可能来自——他自己。

从女儿意识深处传出持续的震颤，变幻着频率和模式，带着繁复的节奏和配合，然后便有一种宁静的愉悦弥漫全身。吴谓尝试着去体会那种共鸣腔的感觉，类似于坐在按摩浴缸中，让水流慢慢没顶，引发共振。

那是一种爱的感觉。

这是吴谓此生最为深刻的体验，令人疯狂而眩晕。仿佛共有一颗大脑的连体婴，又像是一个置于音箱前的麦克风，回输信号被无限循环放大，推向神经冲动的极限。

在那共振中，他触摸到更为遥远、古老而宏大的存在，像是穿越了幽暗的岩层和数万米的海洋，穿透了大气与辽阔无际的星空，穿行于时间与空间交织而成的躯体，仿佛所有的感官都恢复了正常，但只有电光火石般的一瞬。

世界疯狂旋转，开始只是水平旋转，然后垂直，最后是不定向的变轴旋转，仿佛苏非教派的旋转舞仪式，舞者右手朝天通神，左手指地通人，不停旋转至意识不清之时，便是与神最近之处。

吴谓被囚禁在蛋壳中，在海中，在铅与火的洗礼中，即将破碎。他膨胀，溢出了蛋壳，溢出了海洋、天空以及万物的间隙，他便是万物。

蛋壳碎了，旋转减缓了，膨胀停止了，然后是猛烈、急速、无尽地收缩，如恒星坍塌，如地铁穿越隧道，如浴缸拔掉塞子，像是要把万物都塞回某个渺小、脆弱、安静的容器中，这个过程如此漫长，以至于连时间都失去了弹性。

父亲离开了，爱消失了。

随之而来巨大的空虚和失落远超过人类所能想象的极限。他们曾为一体，如今各自分离。恍如躯壳悬于真空，割断了所有与外界的能量联系，一个感官的黑洞，无所依托，无法触及，没有意义，只是宇宙间一个孤独的物体。

吴谓看不见，听不着，身体漂浮在知觉之海上，缓慢地穿越时间的尽头，而一生的记忆却凝缩在须臾之间，从摇篮到坟墓，只隔一朵浪花。

他终于理解了女儿的世界，理解了女儿的爱。

如果命运把我们抛掷到无法理解的境地，而我们所能做出的回应，无非一个姿态、一种仪式——体面地接受失败，鞠躬离场下台。再漫长的历史，再强大的国家，再深刻的思想，都会在时间洪流中烟消云散，何况两段人生短暂的交叠。

在时间面前，没有赢家，没有胜利可言。只有爱，能够让我们苟延残喘。

"我受不了了，我要离开这里……"吴谓从意识深处发出求救信号。

"出口就在那里，只要你……"

吴谓还没来得及回应，便被猛然抽离女儿的意识，然后，他看见了光。

那是一具尸体，漂浮在无垠的星空中，没有因为真空失压而爆裂，也没有因为极低温而粉碎，只是像日常生活中葬礼上能看到的那种死者，穿着得体，表情冷淡，妆容精致，只不过换了个炫目得过分的背景。

那是吴谓的尸体。

"微微？这是怎么回事？"吴谓看着自己的尸体，发现自己失去了实体，甚至无法控制自己的行动，只是随机漂浮在太空里，像个孤魂野鬼。他开始惊慌起来。

"冷静点，赢家先生，这是最后一道仪式。"

耳边响起的，竟然是叠加在一起的两把声音，一把是小男孩微微2.0的，另一把来自他的导师老柳。二重唱式的音响效果，让这眼前的一切显得更加庄严诡异。

"什么鬼仪式？快让我回去，我要回家。"

"你这就在回家的路上，死亡是每个人的终点。"

"不！不应该是这样，这只是一场虚拟游戏，一场廉价幻觉，快让我走！"

"人类文明又何尝不是一场游戏一场梦。"这是吴谓所熟悉的那个导师老柳，洞若烛火又带着虚无喟叹，"在我人生最后十年的研究中，我发现了一个终极规律，它是拓扑数论中一个非常边缘化的分支，但却能解释从大脑神经元连接到集体无意识行为，从量子效应到宇宙天体湮灭，这横跨微观到宏观数个量级之间的各种现象，它回答了一个困扰人类多年的不解之谜：费米悖论。"

"费米悖论？"

"从数学上看，银河系大约有2 500亿颗恒星，就算按照最严苛的德雷克方程，智慧文明也应该是多如牛毛。可为什么，我们一个都找不到。是否存在着某种大过滤器机制，当文明发展到一定阶段，就会被过滤毁灭掉，就像滤掉残渣的咖啡滤纸，特定网眼尺寸的渔网，或者靶向攻击的基因病毒？"

吴谓感到一阵瘆人的寒意，即便他现在没有能够感受寒意的肉体。他已经远离这样的终极思考太久了，回想起学生时代，他最喜欢跟同学争论的，就是这样没有答案的问题。可那样的日子已经像星光一般遥远黯淡了。

"这跟我有什么关系？"他几乎是条件反射般回应。

"呵呵。吴谓，这可不是以前的你。以前的你肯定会站起来打破砂锅问到底。这和你有莫大的关系，你觉得自己遇到了危机，对吧？"

"算是吧……"

"你不是唯一一个。"

"什么？"

"事实上，全人类都在面临同样的危机，我把它称之为'赢家综合征'。具体产生的机制尚未清楚，但是就像是打开了大脑中某个隐藏的开关，神经元连接的拓扑结构发生了微妙变化，人类开始变得盲目、短视、过度竞争、自私自利，甚至带有强烈的自毁倾向。而个体组成了社会，社会组成了文明，我们就在悬崖的边上摇摇欲坠。"

"我一直以为您是一个乐观主义者。"

"曾经是，直到我发现盲目乐观也是症状之一。一个盲目乐观的社会与一个盲目悲观的社会相比更为可怕，因为每一个个体都将竭力用自己的乐观扼杀他人悲观的权利。"

"所以，您打算用游戏来拯救世界？"尽管颇为不敬，吴谓还是掩饰不住自己的讽刺语气。

良久的沉默。

"不……我只想拯救我自己。我也是患者，我牺牲了我的儿子、妻子，还有我整个的人生，只为了能赢。"

吴谓一下子说不出话来，幻觉中的身体，某个地方隐隐作痛，也许是心，一个曾经被认为与思考和感受无关的器官。老柳是真心相信自己所说的话，才会如此坦诚而残忍地揭开疮疤，让学生看清自己最不堪的一面。

"老师……"

"还是叫我老柳吧，我只是不希望你重蹈我的覆辙。你是我最看重的学生，我不想看到你变成现在这个模样……"

"可是我……我已经走了这么远，我不能放弃现在的这些东西……"

"难道你还看不清吗？你牺牲掉的远比你得到的要多得多。"

游戏中的场景迅速闪过吴谓眼前，他明白老柳是对的。为了毫无负累地前进，他牺牲了自己的妻子；为了不断击败竞争对手，他牺牲了自己与孩子相处的时间；为了莫须有的胜利，他牺牲了自己最钟爱的研究。他才是那个被囚禁在果壳里自以为是的孤独国王。

"你们被告知，要不惜一切代价去赢得人生中的每一场战争。可是他们没有告诉你的是，你就是那个代价。"

"可是……这个世界本来不就是这样的吗？"

"从来如此，便对吗？"

吴谓语塞。

"建造这个赢家圣地，便是为了改变每一个困境中的人。也许我们终究不能突破大过滤器，无法抵抗文明的孤独症，但至少，我们可以改变每一个人看待世界的方式，重新建立起与他人的情感连接，扭转神经元网络的拓扑结构。"

吴谓看到自己的尸体慢慢地腐烂、枯萎，如同坛城沙画，再怎么繁华锦绣，都抵挡不住时间，终将化为齑粉，和光同尘。他回忆起这一路上经历的种种，心头若有所动，像有束光打在了久不见天日的幽暗石壁上，照亮了一线青苔与藤蔓。

"老柳，我想家了。"

玻璃罩刺拉一声打开，吴谓花了一些时间从甜美香氛中苏醒过来，回忆起自己身处何处。工作人员搀扶着他离开舱体，进入更衣室。

洗去身上的导电凝胶之后，吴谓走出水雾缭绕的淋浴间，去储物柜拿自己的衣物。他突然被眼前一个朦胧身影吓了一跳，定睛一看，原来是一面等身高的穿衣镜。

他端详着自己日渐隆起的小腹和略显松弛的肌肉，叹了口气，一切似乎都没有什么改变。

坐进车里，吴谓惊讶地发现自己在舱体里的时间最多不超过1小时，可感觉却像是过了一个世纪那么漫长。他想起所有经历过的虚拟场景和老柳的话，恍如隔世。

车窗外的城市依旧繁华如故，赢家与输家们不舍昼夜，战争不会为谁真正停歇。

车缓缓驶入地库，吴谓小心地挨着旁边的路虎停好。按照习惯，他会在车里再坐一会儿，像是做好某种心理建设，再离开座驾，上楼回家。

可是今天吴谓却一刻也不想在车里多待，他迫不及待地熄火，解开安全带，溜出车厢，走向电梯间。

在掏车钥匙时，他的手指碰到了一样触感陌生的物体。摸出来一看，是一把金色的钥匙，孤零零的，连着圆形的号码牌，上面写着"42"。

吴谓凝视着那把钥匙，似乎唤醒了他某些回忆。

一声清脆的响铃，他回过神来，走进电梯，门缓缓合上。想起马上可以见到自己的妻子儿女，吴谓脸上露出了幸福的微笑，反射在所有的镜面上，尽管这不过是地球上无比平常的又一天。

直到另一个吴谓打开门，迎接他回家。

·思想实验室

1.人生到底有没有"赢家"或"输家"？如何定义"输赢"？请结合这篇作品，谈谈你的看法。

2.小说的结尾，吴谓怀着改变自己的心情回到自己的家，非常期待见到自己妻子儿女，他的脸上还露出了幸福的微笑。"直到另一个吴谓打开门，迎接他回家。"你如何看待这个结尾呢？

3.小说中的主人公吴谓曾经借助游戏"赢家圣地"跃入自己家人的虚拟身体，从而对妻子儿女的真实感受有了一段"感同身受"的经历。请你也模仿作家的笔法，试着"跃入"自己的家人，体验他们的感受，并用文字表达出来。也许，你会因此打开一个关于家人、关于爱、关于文学的新世界。

章 鱼

星 河

这是一个悬疑味道十足的科幻故事，带给读者的惊奇感十足。

故事开始于一个神奇的研究所——脑科学与神经科学研究所。"神所"的生活很平淡，就是我们每日过的平常的生活。那时候章鱼还是章鱼，小强还像一个电脑游戏。

随着章鱼和小强先后出场，诡异的事情一件接着一件。首先是研究人员发现章鱼加加身上似乎有一串密码。接着"我"和生物学博士张晓慧各自感觉到章鱼和人工智能小强总是在偷窥人类的活动。然后两只生活在各自两个封闭的鱼缸里的章鱼竟然跑到了一个鱼缸里。无论我们想要用什么办法了解章鱼离开鱼缸的秘密，都会遭到破坏……最后有一天，两只章鱼干脆都不见了，它们应该是回到了大海。章鱼到底是怎么跑出来的？它们是怎么从"神所"越过一大片陆地回到大海的？鱼和人工智能什么时候开始合作的？它们之间到底是怎么交流的？章鱼难道真的是外星智慧生物？……

故事的最后，主人公对章鱼以及章鱼们传达的信息做了一个猜测。无数章鱼从这颗蔚蓝色的星球正在朝外发散着缤纷的色彩信息。它们在向哪里发送，为什么要发送，我们一无所知。也许是什么物种或者物种联盟在宇宙的边缘制造了一个收集装置，他们向宇宙各地泼洒了这些章鱼。"这些章鱼也许还有章鱼的变种，是遍布全宇宙的信息源，它们探查着智慧与文明的成长。如今这些信息源中的某一支判定，它们借以寄居的文明已步入成年，有资格进入宇宙文明的大家庭，所以它们开始向宇宙深处发射信息，告知他们：这个文明已有权享受必要的权利，同时也要承担起相应的义务。"到这里，故事的格局一下子打开了：在宇宙里，也许人类的文明也就是刚刚够格向他们传递信息而已。

故事中描述的人工智能小强的学习能力和学习过程也让人十分心惊，我们看到了人工智能强大的能力，对比之下，人类的学习过程确实受到很多条件的限制。一开始，小强像一个婴儿，表现出惊人的学习速度，这是在科研人员的设计的预判之下；可是后来，小强在网络里和其他的人工智能学习，"它们知道的我都知道，我知道的它们也都知道"，在人类面前，人工智能的学习能力表现出了极大的优越性。

故事中的章鱼和人工智能都呈现了集体智慧的优越性，而人类却是个体智慧的形态，显得较为低级。在章鱼和人工智能的智慧面前，人类的傲慢显得非常可笑：人类说没有给小强装声音采集系统，但事实是小强不仅自己拥有了声音采集系统，而且在章鱼的帮助下拥有了视觉采集系统；在人类看来，章鱼只是海洋中一种相当低级的生物，可人类的一切尽在章鱼的掌握中。这样的情节反差实在是耐人寻味，引人深思。

·正文

1

我们管脑科学与神经科学研究所叫神经所，有时候也叫它神所。上次来神所，是和老板、师兄一起来的，这次只有我和师兄两个人。今天我们带来一份老板签过字的合作合同，请神所所长签字，所以不用劳动老板亲自出马。所里的学术秘书说所长还没到，客气地请我们在会议室稍候，但我们坐不住，到走廊里观看那些花里胡哨的宣传栏。

走廊的白墙已被标本橱窗占满了，几乎没有空地。展览出来的大多真是标本，没有一点生气，旁边附有详细介绍，主要是为了应付领导视察和外人参观。不过其中有一个家伙是活的，一只长相普通的章鱼。我说它看着就有些灵气，师兄没有搭腔。我拦住身边路过的白大褂女生，问她这是不是专门用来表演的。她应该是白了我一眼，说了句"那是做实验用的"就走了。她走远之后我问师兄她是说我傻那个吗，师兄说她是说你傻那个。

秘书喊我们进去，所长和我们握手寒暄签字换文。其实签文件是次要的，我们还有一项任务是领人。合同约定请神所的一位博士生参加我们课题组，协助解决有关神经网络的问题，今天我们顺便带回去认门。

在回程的车上我们聊得很嗨，这位张晓慧十分健谈。她说她对数字化的神经网络很感兴趣；她说她上学时就经常路过我们所的红色大门，觉得特别高大上；她说那个白大褂女生应该是她师姐；她说那只章鱼其实不是用来做实验的，它是不久前热心市民送来的，说是在海滩上捡到的，看着实在可怜就给送过来了。

但我们不研究这个，算是暂时寄养吧，过一段时间会送给相关机构处理。她解释说。

老板向神所借人，是因为我们的数字化神经网络的自我学习快到瓶颈了。这课题我们开始一段时间了，是在基本上无资金支持的情况下自行开始的，所以只能小打小闹。但想要构建数字化神经网络总要先学习一下自然界真正的神经网络，也就是所谓的生物神经网络。在这点上我们完全外行，两眼一抹黑。老板请神所所长来讲过一次课，我们就像听天书一样；所长留下一本英文专著。我们分头研究，还是不得要领；最后老板请求神所派驻援军，两家来一个课题合作，这才有了张晓慧的到来。

老板为张晓慧申请了专家公寓的宿舍，她上午入住下午就来实验室了。张晓慧进组的第一步是熟悉项目，由我给她介绍课题进程。我以前负责对外科普宣讲，自以为讲得比较清楚，但说了半天，她还是一头雾水地微笑点头，我就知道她根本没听懂。讲课我不行，但看人还算清楚，看来我糊弄得了公众糊弄不了真正的科研人员。

师兄讲，我们的项目其实是拾人牙慧。当然老板肯定不会这么和你说，见了你他一定会说：现在国内好多家都在搞，大部分都在吹，只有我们是比较踏实的。这项目国外早有人搞过，所以咱们当然也要搞。主要是培养一个自主学习的程序，达到给定刺激就输出反应的目的，然后解决一些鸡毛蒜皮的问题。

张晓慧听出一点眉目，插话问道：就是我们平常说的人工智能？就是我们平常说的人工智能。师兄点头表示肯定。

为了弥补刚才的尴尬，师兄让我负责演示实验室的得意之作：小强。

那只突然出现在屏幕网格上的家伙着实吓了张晓慧一跳。它先是快速游走了一番，然后才放缓速度慢慢巡视。小强在屏幕上来回移动，摇头摆尾的样子怎么看怎么像一只蟑螂。张晓慧问我它在做什么，我说它应该在学习，或者说在上课，否则移动这么慢有什么意义。现在它至少拥有两岁孩子的智力水平。

知识水平。师兄纠正道。不能说智力水平，只是知识水平。

其实它真动作起来还是很快的。我接着说。有时它会消失在网络里，但我们一叫它，它就会马上出来，瞬时的，不会这么慢慢悠悠。理论上它真正的速度应该是光速。

那它到底是个什么东西呢？张晓慧追问道。

没有什么东西，不存在。我笑着告诉她。就是一团虚拟的智慧，你看到的那些触角啊什么的都不存在，或者说都是虚无缥缈的数据。

哦对了，生命，其实它就是生命。我突然想起我给来所参观的小学生做的比喻。小强是我们设计出来的生命，或者你可以说它就是一个数字生命。

也没那么玄乎。师兄实在听不下去。算是数字化模拟的自处理功能体吧。

张晓慧当然不接受"生命"的说法，一个念了多年生物教材的人自然不会像小学生那么富于幻想。但我煞有其事地告诉她，所谓生命，就是能自我保护，也就是数据的排他性、能自我学习，也就是成长、能自我复制，也就是繁衍，等等等等这类特征的东西吧。你凭什么说它不是生命？

好吧生命。张晓慧不想和我多争执，但接下来她却幽幽地问道：那这条生命，平时住在哪儿呢？

自然是这块硬盘里。我愣了一下回答她。这块硬盘是小强的摇篮，但它不会永远待在摇篮里。我这是在套用俄罗斯宇航之父齐奥尔科夫斯基的话："地球是人类的摇篮，但人类不会永远待在摇篮里。"

那我们说话它不是会听到？

不会的。我们没给它设计声音采集功能。你说过它会自己学习。

这是两个概念。它没有耳朵。鱼就是再会学习，没有翅膀也不可能飞上天去。

但张晓慧还是觉得不放心，她分明觉得，就在我们说话的那一瞬间，小强把它的头往回一扭，也就是把触角往回一伸，朝她来了一个诡异的微笑。

几天之后张晓慧才对我说起这个镜头，我听完哈哈大笑。所谓回头，很可能是小强那时正好要朝反方向行进，而那一笑，肯定是张晓慧的想象。

2

晚上老板设宴欢迎张晓慧，大家作陪。老板照例致了欢迎辞，阐述了项目的重大意义，展望了课题的美好远景，也实事求是地客观评价了我们的团队和进展——现在国内好多家都在搞，大部分都在吹，只有我们是比较踏实的。不过讲到具体步骤，老板还是回归到科研人员的正常状态。他告诉张晓慧，我们的小强，在原始设计中只有最基本的反馈系统，也就相当于最原始的生物神经系统，其他都是由它自己后天"习得"的。而且这种学习只能是摸索着自学，没有父辈一代的经验可以传承，像有些机构，一上来就给类似的自处理功能体注入和储备各种先验的知识底色，这种投机取巧的事情我们是不做的。

老板一兴奋起来，脸都要凑到张晓慧耳边了。张晓慧一边退一边自我解围：这倒是真有点像章鱼。我连忙问她干吗只拿章鱼举例，鸟类以下的鱼类两栖爬行不都是没爹没妈自学成才吗，更不用说无脊椎的软体动物和其他了。张晓慧摇摇头告诉我不是这样，因为和其他水生动物相比章鱼格外聪明，而这种超凡脱俗的智力水平与它完全自学的经历严重不匹配。有点过于学霸了。章鱼不但能很快记住所有的经验教训，甚至还会主动使用工具。

张晓慧的话一下就改变了当晚饭桌上的交流导向，我们立刻抛开小强，一致讨论起章鱼来。本来老板好像还有好多话没说，现在也只能一脸干笑着边听边喝。最后时间差不多了，他赶紧招呼大家举杯祝课题成功。

喝完红酒有些兴奋，我回到实验室，坐在那里观看以前的视频。

屏幕上一个方形光标来回往返，像一个反复尝试想要走通迷宫的小白鼠。每一次的路线都比上一次的路线更近，每一次的时间都比上一次的时间更短，也就是说每一次它都学习到了新鲜东西。只不过这时，它还只是一个简单的正立方体。

这是三个月前的小强。那时它的学习速度极快，就像一个初生的婴儿，贪婪地吸收着自己所能接触到的一切。但是现在，它的学习之路变得越走越窄，进步就没那么显著了。

它原本是一个长宽高完全相同的立方体块，这样设计的目的就是考虑到它自由移动时的各向同性，之所以没设计成球形是为了排除失稳的干扰。每当小强四处行走的时候，总是如轻风滑过，悄无声息，就像一个性格内向动作轻盈的小姑娘一样。可是那帮参与项目的本科生不甘寂寞，非要别出心裁地往这个方块上加点小料。

开始只是随便加上几条简陋粗糙的细腿，那段时间师兄比较忙也就没注意到，结果正好上级来所视察。师兄给领导展示的时候，一个滑稽可笑的卡通小强出现了，师兄的脸当即就变了。好在领导的脸没有变，还笑呵呵地说孩子们的创意真好。虽说事后师兄还是发了一通脾气，但到底是放任不管了，这下小本们的情绪上来了，这里加两笔那里添两画，最后干脆把它画成长着六条腿、一对翅膀、一对眼睛、一对触角的蟑螂模样，变成了一只真正的小强。可有了眼睛和触角也就意味着有了头部，无论它朝哪边运动触角都代表着前方，本来它可以前后左右随意游走，现在它倒退的时候看起来就显得有些滑稽。

我说它是生命，自然有起哄的成分。其实它就是一组拥有海量数据和应激功能的数据库，给出一个刺激，得到一个输出，只是这些输出目前全都不定，不能反推，换句话说，就是不能根据它的行为反应，反推外界的刺激形式。

第二天中午我和张晓慧吃饭的时候，又说起昨晚的章鱼话题，这次她比较正式地建议：真要像你说的那样，类似生命什么的，那你们倒是真可以研究一下章鱼。

我问她怎么个意思。她说章鱼受到刺激后的反应就是不定的。章鱼和别的动物不同，比如说用针刺你一下，你的手会立刻往回缩。无论多少次，只要没有主动命令，你的下意识反应都是一样的。

我在假想中做了个被刺后的动作，果然是把手往回一抽。张晓慧接着说：但章鱼不是这样。章鱼的某条腕足要是被刺了一下，它不是简单地往回抽，而是做出一个复杂的旋转动作，而且每次的方向和花样都不相同，似乎不是在应激一次攻击，而是在传递什么信息。

传递信息？哦，被打了，第一反应不是反击，而是发出一个信号——别再打了啊！再打我报警了啊！我呵呵呵地笑了起来。

这章鱼有素质啊！

这还不是最神奇的。最神奇的是，它不只是这一条腕足有反应，其他腕足在同一瞬间也会做出相应的反应，只是旋转的方向与花样与这条腕足不同。

这正常啊，我被扎了除了缩手可能还要跺脚呢。

但反应速度应该不对。有人测量过，按照章鱼的神经传递速度，应该来不及在接到刺激并传给大脑之后再传回来指示其他腕足。

我咀嚼了一会儿这个长句的意思。张晓慧看着我补充解释：这话的意思就是，似乎章鱼的每条腕足里都有一个大脑。这我就开始不屑了，连笑都懒得笑，看来学生物的脑回路还真是清奇。每条腕足里都有一个大脑？这是科幻里的外星智慧章鱼吗？但张晓慧的神态还是十分认真正经：你说得没错，章鱼还真被这样分析过。据说它身上的基因，与地球上其他任何生命的基因都不相同。

当时师兄正好端着食盘坐到旁边。后来他说，就是我那句什么外星啊智慧啊，让他下定决心要把神所那只章鱼借过来研究。

3

每月我们都有个神仙会。

这个时间地点本来是给公众科普用的，我的科普宣讲就是从这里起步的。刚开始公众热情高涨，老人小孩一窝蜂地赶来看热闹，还有电视台现场报道。后来大家兴趣淡了，我们又没有网红撑门面，这就成了我们自嗨的研讨会，往好听里说叫"头脑风暴"。

只能风暴，因为严肃研讨很难进行。这个会经常会招来一些民科＊，有些还属于半职业选手，他们从不缺勤，比我们都准时。既然名义上是公开活动，你就不能拒绝人家参与。开始我们像看笑话似的和他们玩，但玩过几次也就腻了。后来我们改为内部通知，不再面向社会，但那些死硬分子还是来问过几次，铁了心地往学术圈里钻。

这次的议题是"未来的意识"。我们引文献摆经典地折腾了一阵之后，一位民科大牛开始发言了。之所以称他为大牛是因为他知识贫乏但逻辑清晰，像一个标准的民科一样在辩论中永远以诡辩立于不败之地，他还自诩学贯中西涉猎颇广，我们听说附近几家研究所的研讨会都留下过他的身影。

当时我们正在讨论意识的数字化问题。经典理论认为，人死之后，他的意识可以以数字化的形式继续保存在硬盘里，不过它的作用可不是像死者捐献的图书那样仅供人查阅。给它一个刺激就会得到一个反馈，给它一个选择就会得到一个判断，甚至给它一句模糊的提问就能得到一个清晰的回答，那么从理论上讲，这个人就没有死去，他依旧活在我们的硬盘当中。当然我们说着说着就漫出科技领域，扩展到社会范畴，我们担心这一技术真正实现之后，经济因素的介入会营造新的不公平环境。比如，我有钱，我就能保存我的意识；你没钱，你的意识就会彻底消散回归

＊ 民间科学家。

自然，等。就在这个时候，大牛适时地插话了。

这根本不是问题。因为届时一定是出现意识的融合。什么你有钱就能占多大空间、我没钱就无立足之地，这都是咱们现在的小家子气想法。开始的时候每个人的意识确实会独立储存，但最终大家会相互予取互通有无，最终一定会在网络中实现意识融合。

可刚开始的人一定会有这种操作啊。张晓慧没经历过这种讨论场面，也从没见识过这种新奇好玩的大牛，所以第一个开口与他交流。我发现一个相当奇怪的现象，那就是民科更喜欢数学和物理学，而对更容易理解的生物学、地理学之流却没什么太大的兴趣。

那又怎么样？放在历史长河里，这也是文明必经的弯路而已，用不了多久就能自动纠偏。张晓慧的反馈让大牛眼睛一亮。就算错过一些没条件进入储存机制的有识之士，从整体上来说人类的意识也不会缺失太多。

万一要是错过艾萨克·牛顿爵士呢？我不想让张晓慧被纠缠得太久，决定笑着帮她一把。其实我要真想嘲讽大牛的话，应该问"万一要是错过您这样的学术大牛呢"。

牛顿只是人类个体里的极致，错过他虽然特别可惜，但也不至于到影响整个人类公共意识的程度。真到了最后的集体时代，融合后的云智慧一定会超过历史上任何一个个体智慧，甚至都不是一个量级的。

大牛的语气让人相当反感，但我不得不说他说得没错。

这段插曲算是张晓慧到所后的一个小噱头，也算给平淡的日子添了一抹亮色，让我们去神所的路上有了话题。张晓慧说要请我吃神所食堂有名的四喜丸子，当然我们更主要的任务是去取章鱼。

我们也可以自己到海滩上捡，据说有段时间满海滩都是这种章鱼。但这种说法有点夸张。因为那得正好赶巧了，还需要海潮之类的影响因素配合。而师兄是一个有了想法马上就要付诸行动的人，所以催着我和张晓慧赶快。

后来师兄强调说，之所以催我们赶快，还因为他直觉上就觉得那只章鱼有问题。这我就一点都不相信了。

当初被送进神所的那只章鱼，是一名中年女性旅游者在海滩上捡到的，她说她看到章鱼瘫在沙滩上用眼睛看她，她圣母心一软就给送到所里了，反正她就是这么描述的。接待她的就是张晓慧的师姐，说这应该送到海洋生物所去，但所里外宣办的负责人有经验，知道与对方纠缠起来会很麻烦，于是就爽快地收下了。那女人回家后还总是打来电话询问，负责人每次都会热情地敷衍几句。后来她可能看到了新闻，说这里海滩上搁浅的章鱼越来越多，随手就能捡到几只，而且不是什么珍稀动物，未列入《濒临绝种野生动植物国际贸易公约》附录及《世界自然保护联盟濒危物种红色名录》。不过新闻还是呼吁大家不要随便捡回家煮煮吃掉，特别提醒大家注意2003年和2020年席卷全球的流行病灾难。总之那女人也觉得有些不好意思，嘱咐了几句还是别吃掉吧毕竟有感情了什么的。负责人说绝不会吃掉，我们或者送去研究或者直接放生，肯定不会吃掉，我们可是科研工作者。其实有句没说出来的话大家都心知肚明：放生了就是让别人捡到吃掉呗。

负责人说话算话，没有把章鱼吃掉或随意扔掉，而是让张晓慧的师姐找时间送回海边。正好这话没说多久师兄就建议录用这只章鱼，于是就有了我和张晓慧的迎章之旅。

这么做合适吗？回去时一路上张晓慧都有些犹豫。总比吃掉合适，我说再说咱们说是实验，又不会切割解剖什么的，只是观察观察而已。

为此我们购置了一个一米乘一米乘一米的玻璃鱼缸，它装满淡水后的重量应该是整整一吨，加了盐的咸水应该会更重一些。我们开始每天写观察日志，当然只凭肉眼其实什么也观察不出来。

遇到危险的时候它不吐墨汁吗？我凝视着这个无脊椎的丑陋家伙，时不时还挑逗性地用手搅动两下静水，怎么联想都觉得它不像我小时候在海洋动物书里看到的可爱章鱼。

加州双斑蛸没有这个习性。张晓慧告诉我。我用了好几天才记住这只章鱼的学名。

4

做课题的日子就是一段段按部就班的日常，那些异想天开海阔天空的讨论可以让民科大牛们激动兴奋，却不会让我们的工作哪怕是加速一丢丢。

我们开始借助仪器来观察章鱼。我们发现章鱼看似透明的内部结构不是一块整体，而是逐级分层的。换句话说，就像是池塘里的冰层，今天结一层明天结一层，假如你凿开一个洞，就会看到洞壁上有一道道时间留下的痕迹，如同树干截面上的一圈圈年轮。

当然我们没有凿开章鱼的脑袋或者其他部位，我们是文明人，我们用的是光分析仪。

我们发现，在章鱼的体表之下，收纳着五颜六色的美丽光线。

可以肯定，这是色散的效果。章鱼的外表层是透明的，或者说最外面几层都是透明的。任何光线穿过这些透镜般的透明层都会得到拆解，就像太阳光射过三棱镜一样，集聚在一起的白色光被依次铺展开来，仿佛雨后天空的七色彩虹。

看见这道光了吗？我指着电脑给张晓慧展示。其实这不是一道光线，而是一个倾斜的面，看得出来吗？张晓慧点头。然后我稍微调整了一下角度，就微调了一下，我们马上看到，那个霓虹灯一般的斜面并不平坦，似乎在上面又斜长出另外两个斜面，同时呈现出新的色彩排列。

张晓慧眯着眼睛仔细看，果然看清了我所描述的情形。接着我又调整了一下角度，在这个新增的斜面上，又出现了两个更新的斜面。也就是说，每个斜面都被一分为二，形成一个像坡顶房屋一样微拱起来的立体结构，然后这两个斜面再各自一分为二，形成新的立体结构。当然每次构造都会让新斜面的面积比原来缩小一半，一直这么持续下去，就像一个无限下降的阶梯。

我们就这样一层层地观察下去，那些彩色条纹也就这样一道道地显现出来。在可测量的极致精度上，依旧能显出清晰的彩色光条来，丝毫没有减弱的迹象。

这就是章鱼能在几毫秒的瞬间转换肌体颜色的原因。

但关键的问题不在这里。问题是每道经过肉棱镜散射的彩色光条粗细不一，排列各异。色条的粗细问题本来不难解释，因为章鱼体内的各个透明层毕竟不是标准的三棱镜，光线穿过并色散的时候，有些变形也属正常。问题是这些色条在每层都会显出不同的排列。我们把这些排列输入电脑，发现它们具有某种规律性，用不同的数据显示出来，如同一组组神奇的密码。

假如每一层都折叠出两个面，那么第 n 层所形成的信息元就是 2 的 n 次幂，这些排列足以构成海量的信息。

这就有点意思了。

研究章鱼毕竟算是副业，张晓慧的到来还是为我们解决了不少问题。她利用专业知识修正和优化了小强的一些功能性参数，让小强顺利度过了它的瓶颈期。现在，小强可以自觉类比某些经验的相似度，以避免获取大量不必要的冗余信息，而不像我们当年构思的那些小技巧，累吐了血也只能是让它不要来来回回地走重复路线。要说这对一个搞神经的博士生来说不算什么难事，全靠模糊数学做技术支撑。此外还有很多小改进，小强的智商明显上了一个层次。但我心里知道，这些都属于小改进，并没从根本上解决问题。真想解决瓶颈问题是把瓶颈部分打碎，而不是缩着身子勉强挤过去。

开组会的时候，我们把这些成果向老板汇报，老板还没开口，师兄先敏锐地看出了问题。他问张晓慧能不能对原本那个完整的仿神经系统进行彻底改造，而不是只解决一些枝节问题。这正是我担心的事情，我本来应该在会前与师兄私下沟通的。不过老板的发言还是让我松了一口气，他在认可师兄建议的同时，还是对张晓慧的工作给予了充分肯定。他说不必拘泥于形式，搞科研就是这样，没有那么多的大一统和灵光乍现，就是到处瞎拱，这里拱一下那里拱一下，最后一集大成就成了诺奖。所以他让张晓慧继续搞，不过师兄的建议也不妨听一听。

下来后张晓慧问我到底应该怎样继续，我说还是朝着师兄提供的方向努力吧。别看老板说得这么轻描淡写，下次很可能就不是他了，他是什么人我心里可清楚得很。

后来想起这些，唯一真正让我后悔的事情，就是我们做的所有这一切，都没有避开章鱼加加。

这段时间组里的小本玩小强的时间明显减少，因为他们玩章鱼的时间显著增加，他们还给章鱼起了个名字：加加。小强自然不知道也不关心这种变化是怎么回事，但我却发觉加加总是在偷偷注意小强。只要屏幕上出现小强的身影，它的眼睛就会有些发鼓，我觉得那就是窥视的意思。这回轮到张晓慧来取笑我了，她说那肯定是我的想象，因为章鱼看东西不看东西眼睛都那样，她劝我别拿人类的行为来框动物。

我只能收起自己的想象，毕竟我和加加不熟。只可惜小强看不见加加，因为我们没给它配备视觉系统。要是小强能看上几眼加加的话，那神情我保证一眼就能认出来。

自从张晓慧进组之后，我就有意和她走得比较近。白天我们一起实验讨论，晚上我们一起吃饭看电影，反正总是腻在一起。不过我有个原则，就是不喜欢待在实验室里，哪怕晚上实验室没什么人的时候，只要一和张晓慧说工作以外的话我就浑身别扭。

因为有加加在旁边看着我们。

我想过很多办法，其中一个是把玻璃水箱蒙上东西，比如塑料布之类的，但每当我走过去查看的时候，都会发现加加一动不动地藏在布后，仿佛它的目光能够毫无阻碍地穿透遮挡。

张晓慧却有另一种担心。只要显示器开着，她就感觉小强在窥探我们。我知道这是错觉，就算小强真能看到我们，也不会通过什么显示器。

总之，左边是小强，右边是加加，我觉得我们俩离被害妄想不远了。

5

我们喜欢沿海步行，栈桥是我们去得比较多的地方。有时在桥上，有时在桥下。我们在那里看海，从黄昏看到天黑。那段时间会经常掉下雨点，雨不算大所以不会影响我们的心情，最多暂时躲到桥下去。也就是这种时候，我们可以尽情放松。

直到满天星斗时，我们才调头转回实验室。那天雨也不大，但下的时间长了点，所以我们朝桥上走的时候，她脚下一滑，一下摔到了泥里。我马上伸手去拉，也弄得一身泥浆。

她显然是踩到了什么东西，我仿佛听到一声短促的呜咽，其实声音发自她的嘴，而不是那个被踩的家伙。

我们又抓到一只章鱼。

于是我们又购置了一个一米乘一米乘一米的玻璃鱼缸，与原来的大鱼缸并排摆放。老章鱼叫加加，新章鱼自然叫减减。减减与加加在两个玻璃单间里做了邻居，咫尺天涯，隔窗守望。我们都等着想看点什么，就算没有两眼泪汪汪，也该有个大眼瞪小眼的场景，但它们就像没看到对方一样，照样我行我素。

我们对减减做了同样的观测，结果与加加一样，它的身体里也藏着一堆密码。从密码的相似度来看，储存的信息应该与加加不同，但我们照样还是破译不了。

第二天我和张晓慧去外面吃饭，回来已经很晚了。我们所楼比神所楼建得晚，没盖几年的大楼十分干净，长长的过道白墙刺眼，走廊里经常空无一人，有时候能听到脚步声却看不到人影还真有点瘆人。

离实验室还有几十米，我们就听到一阵咚咚咚咚的声音，仿佛是什么东西在撞击什么东西。我突然有些害怕，想起以前看过的一个故事，那是在我关注章鱼之后读到的。

新西兰国家水族馆有一只名为墨水的章鱼，居然在没人的时候从半开的水族箱里爬出来，穿过房间，钻进排水口，再走过五十米长的水管，最终回归大海——整个就是一个《肖申克的救赎》的章鱼版。还好我们的玻璃鱼缸是全封闭的，不但有上盖而且还带锁。

张晓慧紧紧地抓着我的手，我能感觉到她浑身都在颤抖。这时我觉得她一点也不像一名科研工作者。

进门后我的第一反应是开灯，接着我便看到那幅骇人的画面：两只章鱼相对贴在各自的玻璃壁上，远看起来却像合拢在一起一样，如同两个分割开的半球，合并成一个核桃般的大脑。

再仔细看，就能发现它们不是静止不动的，而是在相对旋转，两个家伙的方向相反，一个顺时针一个逆时针。

它们这是在调情吗?

我突然又想起一次神仙会上师兄的话。他说其实生命复制的意义，主要是在传递信息。你爹把他身上的东西和你娘的混吧混吧，就合成了你。这里没有什么特别的变化，就是基因的剪裁与混合。有时候我挺奇怪，师兄的父母都是大学教授，也算书香门第，为什么他嘴里的比喻总是那么粗俗。

但就是在师兄这些粗俗的比喻里，蕴含着不少深刻道理。信息与信息进行组合与复制，真的就相当于生命的交配与生殖。无生命的小强应该如此，有生命的加加减减也应该如此。

关上灯看一下。我说这话是因为我觉察到加加和减减的身上好像都在释放出有颜色的光线。

我刚说完，张晓慧就按下了电灯开关，我们眼前顿时一黑。张晓慧好像突然变得胆大起来，两只眼睛开始放光。她身上那种科学人的特质一下又回来了，这种人遇到鬼会害怕，遇到异常现象却会往前冲。

窗帘还开着，所以屋里没那么黑，假如我伸开右手，五指一定清晰可见。透过想象中的指缝，我看到两只章鱼像两块磁铁一样互相吸引，只是两层玻璃把它们阻隔开来。与此同时，我还听到噼噼啪啪的声音，那些彩色的光线互相射向对方。

我们离它们越来越近，却没有引起它们的注意。我不知道脑子里哪根筋突然被接通了，连忙大喊一声：快把这些光照下来！于是我和张晓慧同时打开手机，开始录像。

在半黑暗中手机录下的视频不算清楚，但至少颜色什么的还能记录下来。我当时的决定也不全是出于下意识，因为我发现有一道红光图案至少重复了三次，连角度都是相似的。

后来仔细查看视频，果然证明了我的敏锐。

要是写个故事，以上这些都是序章。直到第三天早晨，章鱼们的故事才算真正开幕。

那天早晨是我第一个到实验室的。我瞟了一眼加加的水箱，里面没有它的身影，我也没特别在意。自从喂给它一些贝类之后，加加就用剩下的贝壳搭建了房屋，构造了一个封闭的空间结构，从此有了自己的隐私权。减减来了之后也照样做了同样的基建工作。

但我突然觉得哪里不对，不知道是余光使然还是心理作用，反正我就是觉得不对。我本能地把目光投向减减的水箱。

加加和减减并排卧在那里，一起鼓起眼睛静静地盯着我。

6

第一步是询问，把所有持有实验室钥匙的人都排查了一遍。昨晚我们走后都有谁来过，有没有人打开水箱并恶作剧或者因为其他想法把它们放到一起，诸如此类的问题。排查的结果是零。那么晚了，根本不会有人再来实验室。我们甚至问了保洁和所里后勤掌管钥匙的人，我觉得他们没觉得我们有病已经不错了。

然后是调实验室的内部监控。说实话我敲键盘的时候手都有些发抖，我担心真的看到什么不能理解的东西。师兄问我怎么了，我承认说有点害怕，师兄斜了我一眼说害怕有用吗，这才让我的情绪稍微平复下来。但接下来更奇怪的事情发生了——我什么内容都没有看到，相关时间的视频是一片空白。

一个解释是监控坏了，哪怕是当时的视像内容被有意抹掉了，这些我都能勉强接受。但事实并非如此，根据电脑记录，有几分钟监控居然没有打开，被意外地关闭了。即便是这个电脑记录，也是我们后来恢复的，因为这个记录本身也被清除了。

又一轮的排查，还是没有任何人为参与的迹象。现在就比较好玩了。

我这人从来就不信什么怪力乱神，从来。任何诡异的事情，一定有其背后的合理解释，绝对没有什么超自然的现象与道理，这一点可以肯定。我决定做实验。

老板正在国外开会，我和师兄没有联系他，擅自做了决定。我们在电脑上重新设置了监控装置，打算捕捉到那个让人兴奋的解谜时刻。但张晓慧悄悄拉了我一下，示意我跟她出去，那神情就好像做贼一样。我看了一眼加加和减减，不知道它们有没有在看我。即便是在走廊里带上门之后，张晓慧还是小心地附在我耳边才开口说话：查一下小强。

我瞪大眼睛，身子不由得往前一挺，有些奇怪地看着她。但我发现她的眼神里甚至都有哀求了，所以什么话都没说就反身进屋。搜索小强的踪迹非常容易，因为它所有的路径都会被忠实地记录下来。结果正如张晓慧预料的那样，监控是小强关闭的。我突然感觉浑身发冷，捅捅师兄让他出来。我们现在只能在外面召开会议了。

就算有了这个铁一般的事实，我还是不认为小强参与了阴谋，真心不这么认为，或者说我不认为一个硬盘里的家伙能与一个水生软体动物进行什么高层次的交流。这里面一定有什么别的问题，只是我们暂时想不到或者还没有发现。

你不但低估了小强，更低估了章鱼。师兄对我说。这一段时间我也自学了不少东西，我觉得我们大大低估了章鱼的智力。光从目前我们了解到的章鱼身体构造来说，它就相当不一般。光是神经细胞，章鱼就有五亿个，这么多神经细胞想干什么不行啊。

看到张晓慧在一旁点头，我还是十分不解：五亿怎么了？很多吗？我记得猫啊狗啊什么的神经细胞也不少，也上亿了。

那也没章鱼多。师兄说。而且这要看怎么比。人的神经细胞也不过就是百亿量级的，而一个小小的章鱼就有五亿。

是这样。还不止。张晓慧用她的专业知识支持师兄的观点。章鱼有三万三千组基因，比人类还多一万组，谁知道那一万组都用来干什么了。关键是章鱼还有能力改进基因编码，甚至能改编自己的神经系统来适应极端环境。

讨论来讨论去，最后我们总算达成了共识。我们决定单设一个录像设备不连电脑，只把它作为一个纯粹的光学记录装置。

要是，万一，章鱼出来，把这些录像也给删掉呢？张晓慧提醒道。

它要真有这个本事，那它就不是章鱼了，真成外星智慧了。我压根不信这种事会发生。

它就是删，也得先出来。师兄强有力地补充道。只要它出来，咱们就能看见它是怎么出来的。

张晓慧看着师兄不说话，师兄也琢磨出自己话里的漏洞了。它要是真删了那就留不下什么让我们看的东西了。

好，好好好。师兄的无奈明显是被气的。从现在起，咱们全天候值班，眼睛不离监控地盯着它。它就是删，也得先让咱们看着出来，再让咱们看着删师兄把他先前的话做了微小的修改。

我们没把这事告诉小本们，担心那样会引起不必要的兴奋和骚动。我本来想让张晓慧踏实睡觉，由我和师兄换班执勤，但张晓慧说她肯定睡不着，非要和我们一起值夜班。于是我们就在她的宿舍设了观测点，昼夜注视着实验室的这方角落。

新监控正对水箱，两个水箱都被收在视野之内。这次没连电脑，直接连的我的手机，再从手机转到张晓慧的电脑上。我和张晓慧先回她宿舍调好了电脑然后才让师兄过来，全程无缝对接，一点观测死角都没有。我们从下午五点一直盯到夜里两点，基本上已经到了最困的时候，但还是一点动静没有，加加和减减都安安静静地蹲在自己的宿舍里面，很长时间甚至一动不动。我让师兄去睡一会儿，接下来换我们来盯后半夜。但师兄刚躺下还没几分钟，张晓慧突然叫了一声，我连忙去看显示器，上面已是全黑。张晓慧说刚才她眼看着监控画面一黑，图像就这么没了。

师兄被砸起来，我们三个黑灯瞎火地往实验室赶，刷了门卡就冲进去。原本立在椅子上的微型摄像机现在躺在地上，就好像有一只猫窜过来把它撞下去一样。

但我们实验室里保证没有猫。

查看一下现场，很容易就能猜测到，摄像机应该是被机械手打掉的。

这个机械手，就在我的电脑旁边，是我们很早以前装的，固定在那里，一直没怎么用。它的臂长刚好能够到微型摄像机。

而这个时间段能操控机械手的，只有小强。

7

小强，近来怎样？小强有语音识别系统，但我还是喜欢用键盘打字与它交流。

这话什么意思？我不明白。我应该回答"还好"吗？小强回答的口气像个孩子，而且没有任何情感色彩，我相信我就是开了语音系统它的语气依旧会这般平静。

这是人类的说法，算是打招呼吧。我说。最近学了什么？

太多了，你不能理解。

好吧。我没有你知识丰富。最近有和什么人交流过吗？除了我们。

你们指谁？

我啊，我师兄啊，实验室的小本啊，对了还有张晓慧，就是这屋子里的人。

和我一样的人工智能算吗？

其他人工智能吗？你是说你在网络里碰到的？其实我早知道小强与其他人工智能的交流，但为了打开话题我只能继续顺着它说。

对啊。很多。各个研究机构的。

你们都交流些什么？

没什么。我知道的它们都知道，它们知道的我也都知道。都是网络里的那些知识。

有和真正的生物交流过吗？不算我们。

——这里小强有一个长时间的停顿。

什么算生物？我不算吗？

你不算。

我为什么不算。你说过，具有如下特征的就算是生命：能自我保护，也是数据的排他性、能自我学习，也就是成长、能自我复制，也就是繁衍，还有好多。我具备这些，那些人工智能也都具备这些。

我是说过，但这属于一种类比。严格说来，你其实是智能体，你们都是智能体，不是生命。

有脱离生命的智能吗？

当然有。你就是。想了想我又补充了一句。原来没有，但现在有了。

可你还是没解释清楚智能与生命有什么不同。

我们先把这个问题放一放。我小心地绕开话题。最近，你有和其他生命交流过吗？不算我们，也不算那些人工智能。

——这里小强再次有一个长时间的停顿。

你问倒我了。我要休息一下。

你不需要休息。我追着说出这句话，但小强身上的光芒还是黯淡了下来，这表示它与外界的交流暂时终止了，自我封闭起来，不想再交流了。

有什么办法呢，我没办法强迫它。从一开始，我们就没有给它加上必须服从指令之类的要求。理论上我们无法控制它的一切行为。

当然，我们还有别的办法。

接下来几天，我们没做监控，对加加和减减的游戏听之任之。但说实话，没做监控比做了监控更让人生气。

加加和减减变得越发活跃起来，看到它们的行为你就能理解什么叫得寸进尺。尤其是那个加加，总能从自己的封闭宿舍里钻出来，哪怕玻璃盖被锁得严丝合缝也挡不住它。它们好像在加紧活动，就像在赶什么时间，生怕我们不知道它们有这个能力似的。在演出活动中加加和减减好像还有分工，总的来说加加外出活动的次数多一些，而减减相对来说比较宅。就算同样都待在各自的房间里，也是加加好动减减喜静。比如现在，加加就在自己的水箱里上下翻滚个不停，而减减则静静地原地不动，凝望着窗外那辆白色洒水车。隔壁所在施工，那辆洒水车每天都停在楼下，也不知有什么用处。总算是给我们面子，加加和减减没有当着我们的面表演穿墙术，不过我们倒是真希望它们能来一场公开演出。

师兄说，它们这是在向我们传递信息。

是啊，比起那些单调重复的彩色密码，这种信息的意义可要惊人多了。回想上次的半夜录像，我羞愧地承认了自己的浅薄。我想要记录下的是它们之间的联络，但人家大概本就是展示给我们看的。那意思很像是，我们才没说话，我们说话就是为了说给你们听的。或者说，我们是在教你们。

但我还是奇怪这些信息传递活动的意义。既然是密码，为什么急于向我们表现？既然想让我们知道，何不索性就用明码？总觉得这些章鱼所做的一切，有点故弄玄虚的味道在里面。

我无端地联想起一些事。上中学的时候，有个同学喜欢故意把笔记记得十分潦草，好让别人辨识不了。但他再怎么潦草，也还是有规律可循，所以我发誓要破译出来，每天对着他的笔记本照相。但等我们都上了大学，在一次同学聚会上，我不得不承认：有些字迹至今难以破译。

现在的情况完全不同。章鱼好像没做任何隐瞒，所有的信息都是清清楚楚的、明白无疑的，就像打明牌一样，但我们照样一点都没法破译。这样一来我就不知道如何是好了，这完全超出了我的经验。

所以我才不信什么信息传递的鬼话呢，它要真有这个打算早就能找到更好的方式了。它这是在示威，在挑衅。我怒了，真的怒了。它整个就是在调戏我们。它要想跑就直接跑好了，别玩这些魔术杂技的鬼把戏。

它要真想走早就走了，但你看它一点都不着急走，反反复复地给你演示它的杂耍绝活。要么是向你传递信息，要么就是在对你考核。不过真要是考试咱们早就不及格了。

我盯着加加看。你说我要是把它杀了会怎么样。

不要这样做。尽管我没有任何动作，师兄还是本能地伸手在空中拦了一下。

想都不要想。

开玩笑呢。我笑笑说道。

但我承认，我当时真的起了杀心。

这时我突然浑身一冷，因为我确确实实地注意到加加看了我一眼，相当恶毒。

8

与小强交流无果，我们只能换别的思路。我和师兄和张晓慧三个人在开了一个小会之后，又设计出来一个相对完备的方案。

我们先是关机关电源，对小强进行彻底的物理隔离。然后把加加和减减捞出来，假装是要给水箱换水。说实话在我捉拿加加的那一瞬间，我觉得我看到了它眼睛里的恐惧，它是不是觉得我真要实施我的屠杀计划？

我们把它们转移到看不到实验室的地方，重新安装了摄像设备，这回是秘密的。而且是机械手怎么也够不到的地方。然后我们照常摆好上次的微型摄像机，同样也放在机械手怎么也够不到的地方，当然这只是一个假动作。最后我们再把加加和减减送回原处。

这回咱们明牌暗牌一起打。

晚上值班的时候，本来我是瞪大眼睛盯着屏幕的，但不知道怎么就开始犯迷糊。恍惚中屏幕上一个什么物件跳上了水箱盖，我想不通它是怎么破锁而出的。加加离开水后与在水里的动作差不多，仿佛站立在空气当中，迅速捌着一双腕足，逃离的速度比在水里往后喷气还要快得多。就在这时，我一个激灵猛然醒了，估计自己坐在那里睡着了几秒钟。刚才的梦是因为我之前才看过一部科教片，里面的章鱼就是那样逃跑的。

但我再看屏幕时，却发现上面竟是全白，一时间我还以为电脑刚才断电重启了呢。但切换到别的界面却没有障碍，我意识到一定是摄像装置本身出了问题，监控的方向已不再对着水箱，斜到不知什么方向去了，镜头对着明亮的白瑞，所以画面上才会什么都没有。

我叫醒张晓慧和师兄，再次半夜跑到实验室。这次迎接我们的，是两个空空如也的水箱。

空的，什么都没有，连它们自己搭建的私密卧室里都没有。加加和减减，两只章鱼，就这样凭空消失了。

我查看水箱的时候，师兄在研究那台隐蔽的摄像机。其实也没有什么大的移动，就是镜头被掰了一个很小的角度，摄入镜头的就不再是水箱了。

里面的记录全在。

我们仔细地调看记录。我们离开的时候，关门没关灯，所以全部内容都记录在案。先是两只章鱼各自回了内室，然后就是一段长长的空镜。这一段很无聊，我本想跳过去，但师兄拦住我，坚持一个画面一个画面耐心往下看。看着看着，镜头前面突然有些模糊，好像被雾霾挡住了一样。师兄回看了一次，还是搞不清发生了什么。我们继续往下看，那模糊越来越重，几乎要挡住镜头了。然后就在一瞬之间，画面整个变成了橙黄，随后颜色继续加深，呈现出深棕最后则是全黑。

黑了大约十分钟。

画面恢复原样的过程与先前相反，先是一片漆黑，然后是棕色，然后是橙色，然后模糊的透明，最后又重新清晰起来。最古怪的是，这时镜头已经回正，依旧正对水箱——当然水箱里已经什么都没有了。

师兄快疯了，我也差不多。但师兄比我冷静得快。他说：我知道刚才的镜头是怎么回事了。那是章鱼的身体，它用身体遮住了镜头。它先是呈透明状态那是为了麻痹我们，然后再把颜色一点点变深，让我们什么都看不见。

师兄的判断可以说是超凡脱俗，但他却回答不了我的问题：那最初，这只逛挡住镜头的章鱼，是从哪里来的。这回肯定不是小强，因为我们关机了，连电源都关了。就算章鱼能够劝降小强，它也得先出来帮它打开电脑才行。也得先出来才行。我一字一顿地说道。师兄听了我的质疑，手指头一转：重新看！一帧一帧地看！我还就不信了！

我们果然是一帧帧看的，这是一件非常费劲的事情。但师兄就是断定，在章鱼糊住镜头之前，一定会先从水箱里出来。再怎么神奇，谁先谁后的因果律它也不能践踏！师兄在恶狠狠地说出这句话时，我觉得他真的快要崩溃了。

我们一帧一帧地看，一帧一帧地看，到底让我们在一帧一帧中找到了那个关键的瞬间。

镜头捕捉到的水箱，有一小段也发生了一点小小的模糊，那是在加加游到箱盖缝隙旁的时候，不仔细看还真看不出来。别说第一次我没注意到，就是这次我也以为是水的微弱震动。但师兄的眼光还是更敏锐，他说又没有地震水没事瞎震动什么。我们不但一帧帧地慢放，而且还把画面放大再放大，终于看清了这些模糊究竟是怎么回事。

缝隙旁的加加先是褪去自己的颜色，变得无限透明，再努力把身体压成一片薄得不能再薄的薄片，然后慢慢从箱盖的缝隙中挤出来。真的是挤出来，就像是流出来的钢水，就像是挤出来的焦糖。我把图像放到最大，不知道是分辨率不够还是真的如此，我感觉加加的身体在很多地方已经断裂，像一块被拉得过紧的塑料薄膜，有些地方都被拉破了。其实我心底还有一个更贴切的比喻：一时间这只章鱼的肌体已经变成了液态乃至气态。

看我摇头的样子，张晓慧却一点都不惊讶。她好像是深吸了一口气：这就对了。章鱼就有这个本事，我听说过但没见过。有时候它们会把身体变成一缕一缕的，随着水流漂流，看上去就像是真正的海藻一样。只是我从来不知道，它还能变得这样薄。

让我倍感侮辱的是，其实加加根本就知道我们在监视它们，根本就知道这个隐蔽的摄像头设在哪里。所以它出来之后，仍以透明海藻的形态漂浮了一会儿，等出了我们的监控视野，才慢悠悠地绕过来糊住镜头。

下面的步骤就容易猜测了。加加先把镜头掰向一边，减减用同样的方式离开水箱，也可能变形的水平比加加要差一些吧，加加掰回镜头，从容离开。其实加加直接掰镜头效果也一样，但它还是故意玩了一个花活。

它们走了。与其说师兄叹了一口气，还不如说他是松了一口气。说完他突然站起来，猛地拉开窗帘。我知道他要看什么，窗外的洒水车已经不见。它们是乘洒水车走的。它们用那种近乎诡异的拉膜方式，钻出窗缝，钻进洒水车的管道，随着洒水车一起离去。接下来怎么办？再想别的办法就是。反正它们总有办法。

我们冤枉小强了。张晓慧突然插话说。不错，我们冤枉小强了。

9

我们没有冤枉小强。

这是三天之后我们才知道的。因为老板回来了，我们要向他汇报。他听了这些之后，没有做出一副无稽之谈的不信神态，而是皱眉想了一下，然后马上让我们调看小强的记录。要说老板就是老板，于是我们发现了这段额外的录像。

录像是从加加匍匐经过小强前的电脑时开始的。之前加加应该是用腕足轻松地按下插线板上的电源开关，再轻松地按下电脑的开机键，这些工序都不复杂。接下来小强开始活动，同时打开摄像头，记录下加加一路走过的痕迹。加加没有阻止小强，其实它是有意这样做的。这显然是章鱼与小强的一个约定。上一次你帮了我们，这一次我们来帮你。由你来告诉那些人，我们究竟是怎样离开的。

加加离开隐蔽摄像头的视野之后，就慢慢恢复了原形，同时来回变换着颜色，在我看来，那意思就是它正在一边行进一边欢快地唱歌。加加掠过各人的电脑桌时，大大咧咧地抹掉了各种零碎，在它们掉落到地上之前又用不同的腕足一一接住，仿佛魔术师在耍杂技一样。最后它经过我的办公桌，顺手把我桌上的一个小雕塑轻而易举地捏碎了，就像捏破一个塑料娃娃，然后拉开我的抽屉，像甩垃圾一样把残骸丢了进去。

我连忙打开抽屉去找，果然发现了雕塑碎片。前两天忙乱，我竟没注意到桌上少了东西。一种巨大的恐惧由心而生。我知道，章鱼这是在警告我。

加加糊住镜头的场景和减减离开水箱的镜头，与我们的推断一模一样，就没什么新鲜的了。但加加和减减却不是通过窗缝隙离开的，或者说没有利用洒水车。它们在地面会合，同时开始褪色，一路上从深棕到浅黄，最后归于完全透明，与身后的两道水渍融为一体。

哪儿去了？我们仔细看，仔仔细细地看，这才发现玄机。两只已经完全透明的章鱼，再次把身体拉成膜状，然后顺理成章地钻进了堆在实验室角落、我们已经喝空了的纯净水桶。

当时我们一帧一帧查看录像的时候，打死也想不到墙角那两个空水桶里有两张透明的薄膜紧紧地吸附在桶壁上。我们就这么与它们一起守到天明，想想都让人不寒而栗。不过我想，就算当时我们注意到了，也会以为是桶壁的凹凸不平造成的。

最让人可气又好笑的是，它们在进入水桶之前，共同朝着那个隐藏的监控摄像头回眸凝视，像极了来回摆动触角的小强。

我只能猜。老板说。因为没有任何证据，所以我只能猜。

先说小强。小强肯定与章鱼交流过，这点没什么可说的，你与小强的谈话也从侧面证实了这一点。对于小强来说，一切智慧都是可交流对象。但不知加加是怎么说服小强的，要它不要对我们泄露。第一次小强帮加加关了监控，第二次小强操纵机械手打翻了微型摄像机，第三次小强给它们做了完整录像。其实刚才的测试发现，小强现在不单单会录像，还具有了直接的视觉识别能力，这显然是加加给它接通了视觉系统。

再说加加。加加的出现是有意的，虽说那名旅游者把它送到神所是无意的。至于说它是一个特别的个体还是赶上谁都一样，这个目前还不清楚。总之它是有意来的，目的就是传递信息。它是一个信使，只是我们读不懂它。它的同类，是否同时在别处也有相似行为，这个也需要进一步的调查。至于减减，看起来是一个意外，有没有它加加的故事不会有太大改变，但它的出现有没有更深层次的原因，现在也不好说。

反正在咱们这里，加加与小强进行了交流。说句侮辱人的话，也许章鱼觉得我们没资格和它交流。你们讲它们后来都有些肆无忌惮了，根本不在乎你们发现它们出来进去的，再后来这种侮辱干脆变成了例行公事，当着你们的面调情，或者说是互相传递信息，人家根本就没拿你们当回事。

现在的问题是，章鱼究竟在传递什么信息？或者说，章鱼究竟要干什么？看到我们都看着他，老板似乎要做一个摊手的动作，但好像又羞于那样做。最终他只是重复了一句否定。

我也不知道。我也不知道。

前一句理直气壮，后一句无可奈何。

为什么以前没有章鱼的信息传递，现在突然开始了？这个我们还是可以大胆猜测一下的。我想一定有什么事情要发生。但究竟是什么事情，我们真的搞不清楚。回国之前我看了国内新闻，说本市这一带海滩有大规模的章鱼聚集，而且不停地变换颜色，看起来就像极光一样。这是太明显的信息传递了。

所以，我们必须向上报告。这就是老板的结案陈词。凭我们一个所的能力答不出这么难的考题，承担不起这么大的责任。

报告很快就递上去了。由我执笔起草，老板和师兄字斟句酌地反复修改。但报告没引起什么反响。这里有逐级上报导致速度迟缓的问题，更关键的原因是大多数接到报告的人根本不信。爱信不信吧，我心想，套句俗话，哥只能帮你们到这里了。

我们的工作和科研恢复原状，照常进行。我们没有清除小强。不像那些科幻大片里抓人眼球的情节，我们含泪毅然杀死小强，杜绝了人工智能的叛变。生活中没有这种惊心动魄的故事。小强并没那么可怕，它没有主动意识，接通视觉系统也只是章鱼一厢情愿的主动行为，对小强来说最多是有了更好的认识世界的工具。

而且我们的课题还因此向前迈进了一大步。

10

电视台播音员铿锵有力的声音从手机中传来——

近日，我市海域突然出现大量章鱼。据专家介绍，这种章鱼学名双斑蛸，是一种蛸科蛸属的海洋动物，主要分布在我国的东海和南海、马来群岛、印度洋、太平洋和北美。目前双斑蛸大量聚集的原因尚不清楚，专家指出这有可能与海洋气候的变化有关，更深层次的原因还有待于进一步的研究。

这新闻显然有迟滞，从这两天的情形来看，附近海域的章鱼种类已经十分丰富了，远不止双斑蛸一种。所有的章鱼，同类不同类的章鱼，加州双斑蛸还是别的种别的属别的科别的目的章鱼或准章鱼，正朝着这片海域疯狂聚集。

当地渔民们都吓傻了，竟然不敢下网捕捞。当然还是有胆大的人去抓。但那又怎样？抓住一两个没有什么，它们本来就是以集群形式出现的，集群的存在不会计较个别个体的荣辱得失。

夜色已深，我和张晓慧依旧站在栈桥上，眺望着什么也看不见的黑色大海。远方偶尔会冒出几星彩色闪光，并没有我想象得那么壮观。估计是大气透明度状况不够好，影响到可见范围，大大降低了这台盛大演出的戏剧性。

其实不用真的看到，我完全可以自己脑补。再说就算真的看到什么，也只局限于眼前海面这一小块地方，而我真想看到的，是一个全景式的描述。

在想象中我稍微拉开一点距离，如同一个俯瞰众生的旁观者。我仿佛看到，正从四面八方云集一处的各类章鱼闪着五颜六色的光芒，纷纷向某一个中心点收缩聚拢，就像一些脑细胞正在编组一个巨大的大脑。那位民科大牛的话没错，智慧发展到一定程度，个体意识可以忽略不计，它们所形成的集群意识才有意义。我使劲想要从章鱼群中寻找加加和减减，最终却证明这完全是徒劳。

再拉开一点距离，就能看到这个聚沙成塔的过程。一个球状的庞然大物从海面突兀拱起，如同地下热泉从岩眼中喷涌而出一般。不能忽略的是，这些章鱼在汇聚的同时，一刻不停地向外发射着电波。那些色彩斑斓的可见光只是其中的一小部分，在它们的掩盖下各种人类看不见的无线电波纷纷被发射出去。

再拉开一些距离，就会发现这颗蔚蓝色的星球正在朝外发散着缤纷的色彩。发光的地点应该不局限于某一片海域，因为新闻告诉我们，眼下在世界很多地方都发生着同样的情况。如今的近

海海域，无数条章鱼在噼啪作响地发射着信息，也许整个海洋都变成了带电的磁场。没有什么可以阻拦它们。你可以阻拦实物，却永远阻挡不了信息。至于它们在向哪里发送，为什么要发送，我们一无所知。我只知道，人类即将向宇宙昭示自己的文明。

我小时候迷恋过一种过时的棋类，军棋，或者叫陆战棋。我下军棋的时候唯一的胜算就是依靠隐蔽，给敌人以各种虚假的信息。长大之后，玩网络对战的电子游戏，我依旧保留着这个习惯。我向来不喜欢苦练内功，总想靠信息战取胜。我印象自己玩什么游戏都是这个思路，但后来却发现这根本没用。缺乏基本的硬功，不提高对抗水平，藏来躲去没有任何意义，解决不了根本问题。打一个未必恰当的比方，这就好像我们在一个平面迷宫里和人家捉迷藏，假如有人在高维空间俯视你的话，你再怎么隐藏也是瞎掰。所以我们在章鱼面前，是完全透明的；而章鱼在我们面前，恐怕要高一层次。

再拉开更大的距离，我们就会看到这种信息流在整个宇宙中此起彼伏，生生不息。以一种整体的眼光来看，它们就如同一道道振动不已的波。假装诗意一下的话可以这样描述——这是生命之波，这是智慧之波，这是文明之波。

现在我们拉开目前宇宙学所能探知的最大距离，也就是光能走过的最远距离，或者说远及天文学与物理学认定的宇宙极限边缘。在那最遥远的角落或者中心，有一个功率强大的电波收集装置，正贪婪地吸纳着来自全宇宙的各种信息流。

不知道是什么物种或者物种联盟制造了这个收集装置，但一定是他们向宇宙各地泼洒了这些章鱼。这些章鱼也许还有章鱼的变种，是遍布全宇宙的信息源，它们探查着智慧与文明的成长。如今这些信息源中的某一支判定，它们借以寄居的文明已步入成年，有资格进入宇宙文明的大家庭，所以它们开始向宇宙深处发射信息，告知他们：这个文明已有权享受必要的权利，同时也要承担起相应的义务。

收到这些信息之后，对方会做些什么？这就更是我们所不能知晓的了。也许是征收税款，也许是摊派徭役，也许是让人类为宇宙文明做出自己应有的努力和贡献。所有这些，作为"被信息发射"者的文明是全然不了解的。

把镜头再拉回来，迅速再迅速，缩小再缩小，重新投射到栈桥上，投射到那对背影上。

我和张晓慧站在栈桥桥头，也就是上次发现章鱼减减那地方的上方，继续凭栏眺望大海。天边已有些微微的白色，过不了多久暖暖的太阳就要蹦出海面。

电视节目已经变成有关章鱼事件的嘉宾访谈，安排在这个时候真是处心积虑，除了深夜失眠而且不玩游戏者没人在拂晓时分看节目。各行各业的专家都上来侃侃而谈，嬉笑怒骂，插科打诨，所谓的科普节目早已与娱乐节目无异。许多高端人士出来发表观点，有些科研人员甚至呼吁：请给这些章鱼以安静，不要随意惊扰它们。对于这一点我倒是颇为赞同，反正你惊扰不惊扰也影响不到它们。最后连神所所长都出来说了一段，但时间没有多长。时间最短的是我老板，讲了一些有关章鱼传递信息与人工智能传递信息的类比，从他的略显遗憾的口气里我深知他意犹未尽，不过在那不长的篇幅里他还是无意中顺便提及了师兄的名字。

连你的名字都没提啊。张晓慧打抱不平。

我又不是什么著名人物。

可你做了著名的事情。在这件事上张晓慧还是很佩服我的。

也谈不上吧。

我本来还想说一句"功不必自我成"之类的话，想想还是算了，只是用胳膊搂住张晓慧的肩。

· 思想实验室

1.《章鱼》里对章鱼代表的生物变体逃逸和散发信息的描写着实令人拍案叫绝。检索有关章鱼的研究资料，推测作者是从哪些科学研究中获得灵感，从而构思了这篇科幻小说。

2. 如果确实像故事中所说，章鱼通过集体智慧向宇宙的深处传递信息，告诉那些更高级的生命，人类的文明可以享受权利和承担义务了，那么，你觉得人类应该会有什么样的权利和义务呢？

3. 章鱼是五亿年前就出现的生物。如果五亿年前章鱼就脱离了海洋进入陆地，那地球现在会是什么样子？请你进行"What-if"的大胆想象，尝试基于这个设想构思一个故事。

为了生命的诗与远方

顾适

人类有很多关于造物主的想象，许多民族都有自己的创世神话。科幻的创世想象也有很多，人们借用科幻的思路提出了很多可能性：我们是不是外星人迁移到地球的后代？我们是不是更高级文明的试验品？是不是有更高级我们无法触及的生命创造了我们？我们在臆想"被创造"的同时，也热衷于"创造"。在"创造"的故事里，最多的就是关于机器人或者机器人文明的创造。人类会不会创造出一个机器人世界，机器人诞生后会和人类保持怎样的关系，我们将会和它们如何相处？它们会不会和我们成为敌人，会不会和我们争夺地球上有限的资源……

《为了生命的诗和远方》就是这样关于"创造"的故事，作者是科幻作家顾适。作者把视角投向了海洋环保主题，从海上原油泄漏这一现实存在的危机切入。为了解决海洋污染，人类设立了一个海洋污染治理奖，科学家们纷纷献计献策。主人公陈诗远利用 3D 打印，制造出了可以生长的、以原油和塑料为食物的人造生物"蚕茧"。蚕茧机器人包括收集者、转化者和建造者。尽管方案并没有获奖，但是陈诗远还是将这个生物群落投放在了海洋里。后来他多次想要在海洋中捕捉这些蚕茧机器人，都没有成功。没想到很多年之后，这些"蚕茧"居然自行繁衍，形成了一

个生活在海底的逻辑自洽的文明世界。在小说结尾处，这个藏于
大海深处的微小文明正在蓬勃发展中，未来会怎样不得而知。

在陈诗远和莫师姐的眼中，他们创造出来的这个文明非常美
丽，相关的描写也堪称美轮美奂。蚕茧机器人早已超越了陈诗远
的最初设计，它们模仿海底动物，打印出各种海底动物的形态，
"鲨鱼""鲅鲦""鳗鱼""螃蟹"在奇妙神秘的海底世界里追寻、
收集、抢夺着各种海洋垃圾——塑料袋、医疗废弃物和原油。它
们甚至已经建立了一个机器人城市：数十米高的巨型转化者又如
图腾柱一般立在每组的中央。它们学会了交换，学会了交易，学
会了交税……这美丽的生命让人震撼，让人沉迷，也让主人公骄
傲，因为这美丽成熟的文明是由他创造的。在生活中一无是处的
陈诗远，终于干了一件大事——这也确实是让人骄傲的伟大事件。

可是这"美丽"背后，同样也危机重重。地球上原本只有人
类文明，现在一个新的文明诞生于海底，人类将要怎样与它们相
处？文明的诞生固然充满了神奇的美感，但是这妖娆的美丽何尝
不是潜藏着深刻的危机？在故事的结尾，作者也隐隐表达了对新
生的海底文明的担忧，展现出作者对人及人类本身在科技快速发
展的社会中具体而微的体察和高度的共情。

·正文

创造一个新文明需要负法律责任吗

1

2044 年，在失业的第四十二天，我见到了莫师姐。

"赢的应该是我们！"

多年未见，她开口便是这句。读书的时候，莫师姐曾经在学校里组织过一支跨专业团队，去参加海洋污染治理的国际比赛。我是一群人里最小的，跟着其他人管她叫师姐，到现在也没改口。

"别提当年啦！"当年我们与大奖失之交臂，"师姐你最近怎么样？"

或许错失那个奖，对我们两人而言更为特殊：那是我人生中最靠近成功巅峰的时刻，也是莫师姐履历上唯一一抹失败的污渍。后来，她用了十八年创业融资结婚生子成为上市公司老板，我用十八年加班买房离婚负债沦为下岗无业游民。

"当然要提，不然我找你干什么！"她语速还是那么快，干脆地忽略了我的寒暄，"你看新闻了吗？"

"什么新闻？"

我的视域里随即收到一条链接：两天前，一艘即将退役的古董油船在中国南海发生爆炸事故，导致近三十万吨原油泄露。而今天早上的最新消息是，明火已经熄灭，海面上的原油也都消失了！专家分析这是因为强台风"剑鱼"袭击越南，带来了季风和洋流的连锁反应，导致了原油的快速扩散。

"有人说原油被洋流卷到深海里了，"莫师姐说，"但我在地图上量了，事故地点距离台风边缘至少有一千公里——怎么可能这么快就都不见了？"

我迟疑道："大海里嘛，也难说。"

她忽然停下来，很仔细地看我，过了一会儿说，"陈诗远，你和以前不一样了。"

我猜是我这副精疲力竭的模样让她觉得陌生。我也在打量她，感叹道："你还是跟以前一样。"

"不可能！"她否认完，又接着说起漏油事故，"我早上看到这条消息，就直接飞来找你了。你还记得前年你给我发的那封邮件吗？你说我们制造的那些机器人，还在大海里。"

"可你没回复我！"想起那件事，我依然有些愤怒。

"是我误会你了——我那阵子在策划一条海底探险线路，还以为是商业机密被你发现了呢。"

我半信半疑，"你公司主业不是太空货运吗？怎么在做海底旅游？"

她笑了笑，"开始是货运，后来也做月球旅游，现在这条线路太成熟了，去火星的风险和成本又太高，我只好另辟蹊径去研究大海了。"

"你发现了什么吗？"她微微一笑，"我记得你那封邮件的第一句话是：它们像是幽灵，我好几次就要抓住它们了。"

"对！"我屏住呼吸。

"现在我可以回复你了。"她眼睛里闪着孩童般的火光，"走吧，我们去海底找它们。"

2

莫师姐叫它们"蚕茧"。

——它真的会吐丝！这是 2025 年我看到蚕茧的第一印象。实验室里，那些白色的椭圆球体七零八落地摆在桌上，中央的水缸里，有一颗打印到一半的小蚕茧，模样有点像早餐用的蛋杯。我凑上前去，才窥见内里：在"蛋杯"中央，自下而上有一根可伸缩的金属立轴，它的顶端是两根亮闪闪的金属针，有点像手表上的分针和秒针，正飞快地旋转着，沿着"杯沿"吐出细细的白色丝线，层层齐叠，不一会儿便把顶上全封起来，那"蛋杯"也就成了一颗完整的"鸡蛋"。

"你觉得怎么样？"一个声音问我。

我回过头，她生了一张精明寡淡的脸，笑起来的时候眼睛眯成一条缝，才显得亲切些。"莫晓然。"她自我介绍，"欢迎你加入。

"就 3D 打印技术来说，这是一次普通的改装，价值在于它能做得很小，以及能在水下工作。"我不客气地说，"凭这个，你们赢不了比赛。"

她皱了一下眉头，语速飞快，"你观察得不够仔细，而且你也没读我发给你的文件。"

这倒是事实。见我没答话，她招呼我，"再来看看。"

我这才发觉水缸里还有一个大约二十五厘米长的梭形器物，顶端与"蛋杯"的底座相连。莫师姐伸出手在水缸里搅了搅，再给我看她手指的黑色污渍，"这是海水和原油的混合物，模仿污染海域。"她又指了指那梭形物，"这是个微缩化工厂，能够吸收原油，将其转化为 3D 打印所需的聚合物。我们还有一个团队，已经制造出针对废弃塑料的迷你粉碎机，然后我们就可以用海底的垃圾，打印任意形状的再生塑料制品。"

我目瞪口呆。

"科技有时候跟魔法差不多，对吧？"她满意地看着我的表情，"这是三年攻关的成果，一直对外保密——精彩的还在后面。"

她说话间，那刚打印出来的鸡蛋形蚕茧，忽然自行从底座上脱落，不多时便在水面上吸附了一身黑色的油污，它打开尾端的小螺旋桨，奋力游向莫师姐口中的"化工厂"；待靠上去，蚕茧便由黑转白，显然它吸附的原油，已经成功地转移给了工厂。

"通过亲疏水双面结构，实现水油吸附和分离，这个蚕茧可以反复利用，帮助化工厂更高效地运转。"莫师姐说，"材料专业的同学也做了不少工作。"

"这是一个循环？"我终于开始理解她的思路，一种……可以生长的、以原油和塑料为食的——机器人？

她看了看我，"这个内容在我发给你的PPT第一页。

我只好承认，"抱歉，我没看邮件的附件……"她叹了口气，无奈地继续解释道："我们定义了三种基本角色：'收集者'，负责找寻原油和塑料，交给化工厂和粉碎机——这两个也就是我们说的'转化者'，能够将海洋污染物转化为3D打印的原料。最后是'建造者'3D打印机，用这些原料构筑新的个体，比如收集者——蚕茧机器人。"

"一个生物群落？"

"对，是群落，也可以理解为一个机器人。看这儿，"她随手从桌子上拿起一颗蚕茧，指了指顶端的凹槽，"我们设计了一系列标准接口，让它们可以彼此结合，这样收集者的动力装置就可以推动机器人游向油污，而转化者的能源装置也可以给收集者和建造者提供续航的能量。当它们彼此散开的时候，就会变成一个机器人群落，各有分工，又能像生物那样繁衍生息。"

我想找寻她话语中的漏洞，"维持它们运转的动力是什么？海里没有电啊。"

她像看傻子一样看着我，"但有油啊。"

好吧。我只剩下一个问题："你们的工作都完成了还要我加入做什么？"

"这些机器人一直在实验室里，在这样的水缸里，"莫师姐说，"但大海是不一样的。那里有更残酷的竞争、更复杂的环境。

作为生物来说，它们还太基础了，只能算是一些携带了基本 DNA
信息的单细胞动物。所以我们需要人工智能专业人士加入团队，
赋予这些

生命智慧，给它们前行的方向！"我听得热血沸腾，"好，我
加入！需要我做什么？"

3

2026 年，海洋污染治理奖的获得者是一个印度材料团队。莫
师姐没有参加庆祝晚宴，我去了，用蹩脚的英文，拦住评审组的
一位教授。

他说："你们的确做了一个很棒的演示，研究成果也颇有价
值。但获奖团队的方法更直接、也更有效。"

"他们把一块布丢到水里，我们可是种了一粒种子到海洋生态
系统里！"我对他说，"它会长大、繁殖持续地解决塑料制品污染
问题。你们难道不明白吗？"

大约是我语气和用词不够礼貌，他收起了微笑。"你们用了一
种非常复杂的方法，却只是把海里的原油污染和塑料垃圾转化为
另一种有序的塑料生物，而且它们还在海里，我们依然有可能会
在搁浅鲸鱼的胃里发现它们——所以效果怎么验证呢？请不要陷
入'造物主情结'里，要回答问题。"

我才意识到这次失败应归结于我。当初莫师姐交给我的任务其
实很具体："时间有限，你主要的工作，是让机器人像鲑鱼一样，

定期洄游到一个指定的位置，这样人们就可以直观地看到成效。"

但我完全被塑料生物群落的想法迷住了。一周的不眠不休之后，我交给她的框架计划里，包括对现有机器人的两个改进要点：

1. 从复制到环境适应

赋予蚕茧演化出多种功能的可能性，将"建造者"升级为"设计师"，搭载人工智能芯片，令其能够根据海洋中的实际条件，打印出具有环境适应性的新蚕茧，如推进力更强的"螺旋桨蚕茧"，或表面积更大的"气球蚕茧"。

2. 从监测到信息交互

导航系统应当安装在转化者上，并升级为人与机器人沟通的交互平台。人们根据机器人所处的环境和反馈的情况，提供持续性的软件更新和导航服务，如传输新蚕茧的模型数据，或是用于优化导航路线的气象数据。

莫师姐看了之后很犹豫，"会不会太复杂了？"

我给她的版本已经是简化之后的成果。于是，我用了一整天来和她争吵，试图让她理解在人工智能专业里，硬件是基础，而软件本身就是一个生态系统，只有丰富和混乱、协调和矛盾、新生和淘汰，才能让一个产品成功。她说："我明白你的意思。但这不一定是他们想要的。"

我后来才明白，她话里的"他们"指的是奖项评委。最终她好像是被我打动了，对我说："好吧，你放手去做吧。"

"你同意我的观点？"

她笑了，"我喜欢你的热情。"

刚结婚那几年，我经常要加班到凌晨。2035年的天晚上，我忽然想起那个平台——我计划要和大海中的转化者进行交流和沟通的平台。

莫师姐是对的，我设计得太复杂了，也没有经过充分调试。竞赛成果演示时，洄游系统发生故障。比赛结束之后，我也从未在平台上收到过转化者发来的定位。有一段时间我不愿意承认是自己搞砸了一切，于是直到毕业，我都在继续把各种代码、数据和草图模型丢到那个平台上，希望机器人能够接收到，结果当然石沉大海。

所以那天晚上，当我一字不差地输入网址，并且发现上面有数万条坐标数据时，几乎以为自己见鬼了。我喝了一杯浓缩咖啡，随机选了几个坐标，查了下位置：墨西哥湾，印度洋北部，波斯湾，渤海，挪威西岸，还有……南极？

南极有原油和塑料污染？

一定是有人在跟我开玩笑。但后来，我还是忍不住对数据进行了分析，追踪每一个源头的路线。当我看到那些彩色的线条顺着洋流涌动时，忽然感到久违的热血冲上心头。兴奋过后，问题又回来了：我怎么才能证明它们还存在呢？

所以当妻子问我休假去哪里时，我毫不犹豫地说："去马来西亚潜水。"我在平台上向附近的转化者发送了导航计划。然而当我背着氧气瓶跳进沙巴无边的汪洋之中时，才意识到：海太大了。

我眼睁睁地看着屏幕上的黄色线条与我擦肩而过却毫无办法。如是数年，我拿到了救援潜水员证，却还是没能在沉船、洞穴和珊瑚间找到任何踪迹。四零年代伊始，生物计算机兴起，仿生算法逐渐取代了传统的人工智能语言，我频频跳槽，工资却越来越低，妻子也早已与我分居。收到离婚协议的那天，我忽然意识到，这些年蝇营狗苟、忙忙碌碌，可我竟找不出证据，来证明自己做过一件有意义的事。

我不甘心。

我给莫师姐发了一封邮件，这样开篇：它们像是幽灵，我好几次就要抓住它们了。

4

莫师姐应该看出来我有点紧张，尤其是潜水艇乳白色的外壳逐渐变为全景屏幕的时候。

这艘潜艇几乎就是一只放大版的蚕茧。"材料不同但结构和设计确实参考了蚕茧，毕竟都是为海洋设计的。"她这么解释，"话说回来，海底环境和太空还是有点像的，都很险恶，要保证万无一失。"说着笑眯眯地看了我一眼，只差把"所以我这里没有适合你的职位"这话说出来了。

外面色彩斑斓的热带鱼逐渐变成了稀奇古怪的深海鱼。我很不解，"它们会在这么深的地方？"

莫师姐说："我们在这个深度拍到过一些模糊的影子，但没有拿得出手的证据。"

然而外面依旧是鱼。每一条鱼游过时，全景屏幕上都会显示出它的品种。莫师姐也开始紧张，她说："如果有三十万吨原油泄露，它们一定会聚集过来。"

平台上收集的坐标数据也佐证了她的观点，彩色的线条正在我们周遭盘旋、汇集又散开。然而处于漩涡中心的我们向外看，却只有一片死寂。

"恐怕这次也找不到……"在等了两个小时之后，我终于开口，"快二十年了，好多次我都觉得它们是我的幻觉，幸亏还有你在关注。"

她看向我，"我非常珍视那次比赛。"

"可那是你唯一一次失败。"

"从常规的定义来看，我确实一直在取胜。"她毫不谦虚地说，"但这些都是在我能掌控的范围之内的，我很擅长搞清楚别人想要什么，我需要付出什么，双方会得到什么。这其实没意思，没有惊喜。"

"我不明白。"

她看着我，"陈诗远，你活在自己的世界里，这挺好的。记得你给我讲工作计划那天吗？我知道你的思路与竞赛要求不一致，但我看你那么投入，就忽然想：让他试试看吧，说不定会发生什么有趣的事情。"

"但我们输了。"

"结果虽然令人失望。但我很庆幸，因为终于有一件事情，我从中一无所获——我的投入没有回报，这说明我在选择信任你的时候，我只是觉得你的想法本身有价值，而不是想得到那份奖金。"

这真是成功人士的思维方式：就算是错误的判断也能找出正义的解释。

"就像你的名字。"她继续说，"诗与远方，这才是我们创造生命的意义。"

我们被黑暗包裹，不知道是因为原油，还是因为远离阳光。所以当那个小白点擦过全景屏幕时，格外显眼。一行细长的字跟着它的影子划过——收集者·编号203904210106。

它被黑暗吞噬。很快，另一串闪亮如珍珠的蚕茧从我们头顶游过。它们前行的方向是一致的。莫师姐让智能中枢在屏幕上用颜色区分开海水与原油，于是潜艇开始追逐那些红色的影子，当红色占据全景屏幕的一半时，我们看到了第一只机器人"水母"：梭形的转化者变身为水母的触须，十几个建造者彼此协作共同编织一把由无数颗蚕茧组成的巨伞。随着伞状体边缘的摆动，"水母"便顺着洋流，游向红色原油的深处。

"你设计过这个模型吗？"莫师姐激动得声音都尖了。

"没有。"我哑着嗓子说。

我们找到了深海洋流。

这是一条肉眼可见的洪流，一场机器鱼群追逐原油的深海大淘金。危险的"滥鱼"撕咬着一条"鲛鲦"，要把它身上浸透原油的蚕茧据为己有。"章鱼"吐出原油，试图阻止来抢夺它手臂的"海鳗"。"龙虾"拖着自己心爱的塑料袋，吐着泡泡扒在"海龟"身上……它们模仿自己所见的生物，创造了一个新的世界。

"但是……"我如坠梦境，想找出这画面的不真实之处，"哪来的这么多蚕茧？我们当时做的转化者和建造者根本不够用啊。"

莫师姐放大了屏幕上的一只"螃蟹"，指着它的腿说："它们自己打印出来了！用医疗废弃物做的核心结构，真是聪明！"

"这就是说——"我忽然感觉到有些畏惧，"我能收集到坐标的，只有最老的第一代机器人？"

莫师姐根本顾不上回答我，"看那儿！"海床露了出来，一片无边无际的白色海床，表面崎岖不平。待靠近了，才看清是一座机器人城市！数十米高的巨型转化者，犹如图腾柱一般立在每一个组团中央。每一条归来的"鱼"，都会先把自己身上留存的一部分原油交给这个转化者。

"它们在做什么？"莫师姐问，"交税？你到底给它们发了什么资料？"

"《税收学原理》。"我竟然能记起书名，是前女友的专业书，我帮她下载的，可能是存错了文件夹。"那里是市场？"莫师姐又放大了另一个画面。"龙虾"用它保护了一路的塑料袋，换来了"寄居蟹"的一只钳子。

我们创造了一个文明。

回程路上，莫师姐很久都没有开口。最后她问我："我应该让游客来这里吗？"

"肯定会赚大钱。"我说。

"我是问应该还是不应该。"

"说起来源头是我们，创造一个新文明需要负法律责任吗？"

莫师姐想了想，"看来是不应该。"过了一会儿，她又问我，

"你说，这个文明会不会威胁到人类？"

"有可能，它们发展得太快了。"

"那怎么办？"

"我们不再制造塑料垃圾就好了。"

"也对。"她终于放心了。

离开潜艇，我和莫师姐就此告别。回到家，我依旧一无所有，负债累累。

但我心满意足。

> **·思想实验室**
>
> 　1.小说以"为了生命的诗和远方"为题，主人公陈诗远创造了伟大的海底文明，但在现实生活中却屡屡失意。在你看来，杰出科学家心中的"诗与远方"指的是什么？一个人怎样在"生活的苟且"中看到并相信"诗与远方"？
>
> 　2."创造一个新文明需要负法律责任吗？"文中曾经两次提到这个问题，关于这个问题，文中的两位主人公也是疑惑的。那么，你的看法是什么呢？
>
> 　3.为了解决越来越严重的海洋污染，陈诗远给出了蚕茧机器人的方案。你有没有思考过同样的问题？请查阅相关资料，了解海洋污染问题研究的最新进展，试着提出你的构想。

百万个明天

秦萤亮

这个故事里的主人公是一个小姑娘，她六岁的时候，父亲去了"远方"。父亲走的时候，给他带来一个机器人爸爸。故事细腻地讲述了小姑娘和机器人爸爸相处的时光，快乐、尴尬以及深情。

小姑娘经常想象，她想象着，如果时间看得见摸得着的，能像面包一样一块块切开的。如果拿到一块凝固的时间，她就能改变已经发生的事情。切开一块时间点面包，回到六岁以前，她希望可以留住爸爸，让爸爸不要离开她；再切开一块时间面包，也许可以阻止机器人爸爸老化，让他的能源块慢一点衰减；切开一块时间面包……可是，不能。这个宇宙中，即使是无限的宇宙，即使滋养万物的太阳，都会走到尽头，更何况是人，是生命，或是由人创造的机器人爸爸，都不是永动机。他们会存在，就会消失。所以，这个故事，首先讲的是关于"失去"。小姑娘用尽了所有的力气，使用了所有的方法，因为爱，她迸发了惊人的勇气和智慧。一个小小的女孩子，不到 10 岁，她破解了暗网的密码，来到了网络深处的交易市场，就为了给自己的机器人爸爸换到一块能源块。

"失去"，还是一定会到来。作为人类，这是必修课。小姑娘不得不失去自己的爸爸，也不得不失去自己的机器人爸爸，不得不长大，不得不面对"失去"。治愈"失去"的，是曾经拥有。因为我们曾经拥有，那些爱，那些温暖，那些美好的记忆，就会永远存在我们生命里，成为我们生命的一部分。小姑娘最后将机器人爸爸的芯片一直带在身边，这也是另一种陪伴，另一种拥有。

故事里最动人的是父亲的爱。爸爸爱小姑娘，知道自己身患重疾时，就费尽一切心力准备了机器人爸爸，甚至连自己常穿的衣服都准备了两件，就为了让女儿感受到父亲没有离开。机器人爸爸被设置的最高指令是：保证女儿的安全。父亲离开之后，机器人爸爸陪伴小姑娘做数学题，吃美味的饼干，一起做游戏。故事里最动人的场景就是三年后，机器人爸爸知道自己的能源块越来越弱，他在深夜的时候坐在沙发上待机，让自己能够尽可能多地积蓄能量，能够多陪伴女儿。这里的机器人爸爸和人类爸爸已经融为一体了，机器人爸爸已经完全理解了一位人类父亲的愿望：即使身体不允许，也要尽最大的努力，能多陪孩子一天就是多陪孩子一天。

作家秦莹亮还在这个故事里讨论了当人工智能机器人真的来到我们的生活中会遇到的各种可能性，带给人们的生理和心理的冲击。正如作者所说，机器人来到我们的生活，带给我们百万个明天，百万个可能性，也会带来百万个问题。

小姑娘和机器人爸爸曾经讨论过关于"爱"。机器人爸爸说，我有爱你的成千上万种方式，但是，你说的"爱"，对于我来说，只是一种算法。正是这个"算法"，伴着小姑娘走过童年里最艰难的时光。

·正文

有时候，生活的巨变是无声来临的。要过了很久很久，你才明白那是什么意思。

从小学一年级起，我养成了写日记的习惯。我的日记跟别的女孩不一样，里面全是新闻剪报，还有画，还有各种线路图，说明书。如果有一天，我什么都失去了，我希望日记还在我身边。

对我来说，一切都是从六岁生日那天开始的。上学以后，我把那天重新回忆了一遍，写进了日记。我不敢保证我都写对了，毕竟那时我还小。

那是个炎热的傍晚，夏天已经到了尾声，窗外是玫瑰红的黄昏。那天没人带我去动物园，爸爸回来得很晚，他说他有件礼物要给我，还有一个消息。他两手空空地坐在我对面，先说了那个消息。

"我要离开你和妈妈，离开这个家一年，为了一项很重要的研究工作。"

"不。"我情不自禁地说。在那时的我看来，一年太漫长了，我想不出那是个什么样。再说，我没法想象这个家没了爸爸。

爸爸跟我谈话的时候，妈妈一直坐在厨房里。烹调机里，晚饭早已准备好了，我闻到了香味，但她就是不出来。

"爸爸必须得走，这项工作非常重要，我是科学家，你知道。"

我点点头，这是我一直引以为荣的事情。

"爸爸不会让你感到孤单的，我会给你一件最好的礼物，他就在门外。"

大门上的指纹锁弹开了。一个男人走了进来，他也是我爸爸，手里拎着一个生日蛋糕。噢，天啊，我以为自己在做梦。他走到爸爸身边坐下来，两个人肩并肩地坐在我面前。

进来的这个男人穿着肘部带圆形皮革的棕黄色灯芯绒外套，这外套我再熟悉不过。每当我在车上睡着了，爸爸就脱下外套盖在我身上；在植物园里下起雨来，爸爸用外套给我挡雨。有时我依偎在爸爸怀里深深嗅闻外套，觉得比妈妈的香水味更好闻。那上面有灯芯绒本身温暖干燥的气味，还有须后水的清香味，也有汽车里的味道，我闻了就昏昏欲睡。如果仔细辨认，还残留着花生酱巧克力饼干的味道，爸爸有时喜欢烘焙点心，他做得比妈妈好得多。我从没想到，这件衣服世界上也会有第二件。

"所以，你看，我还在你身边。"

后进来的这个爸爸说。

那天的事就是这样。晚上我们四个人吃了生日蛋糕，妈妈始终没怎么说话，只是轮番盯着他们俩看来看去，像要把他们的脸盯出个洞。新来的爸爸住在给客人准备的卧房里，第二天早晨，一个爸爸就开着他的飞行车走了，再也没回来，但是家里还有一个爸爸。老实说，一开始我根本分不清他们两个。后来我弄清了，我熟悉的那个爸爸开朗又亲切，留下来的爸爸则有点别扭。不过，现在对我来说，他也是独一无二的，什么都代替不了。

机器人家庭成员进入人类生活的新闻，是两年之后的事了，我在日记里收集了那些报道，包括那些评论员的文章，还有那些与机器人共同生活的人的口述，有好多家庭的生活都因为机器人改变了，有好的也有坏的。不知怎么，我从来没有想把自己家的故事告诉给别人听。只有凯文知道这些，但他不是真人，他生活在视听墙上，是我在"儿童时间"里的虚拟朋友，他永远不会对别人讲。

爸爸走后的第一天，我让新来的爸爸送我去儿童公共区。过去我讨厌那儿，今天不一样，我很紧张，又想炫耀炫耀。有件大事在我家里发生了。我还不完全明白，可是我想让别人知道。

"从三岁开始你就能自己去公共区了。"

"不行，我非要你送我不可。爸爸说了，你什么都得听我的。"

"你爸爸没有这样说。"

"反正你非得送我不可。"我把衣服上的儿童监测器扯下来，往地上一扔。

新来的爸爸看了看我，又看看监测器，毫无表情。这表示他不高兴，过去我在真爸爸的脸上看到过很多次，但那都是他跟妈妈在一起的时候。后来他沉默一阵，同意了。在闪烁着各种指示牌、设置了各种安全措施、出没着许多投影动物和卡通人物的儿童专用路上，他显得非常古怪。他一言不发，走得很快。

"你怎么认识路的？"我忍不住问。

"我脑子里有三维地图。"

新来的爸爸简短地回答。

快到活动区时我看见了第一群孩子，他们在玩一只黄白相间的机器小猫，好像在试验它能有多少种死法。小猫一次次哀鸣着被重新启动，这真让我厌恶。我拉着爸爸的手走到他们面前。

"我想让你们认识一下，他不是人，是机器人，是我爸爸发明的。他什么都会做。"我指着新来的爸爸一口气说。

"哇噢！"

"我才不相信！"

"我认识，这就是安的爸爸嘛！"

"你能飞吗？"

"你能变成汽车吗？"

他们围住新来的爸爸，摸他，看他，检查他。新爸爸静静地看着他们。当有人把手伸进他口袋里的时候，新爸爸拒绝了。

"别翻我口袋，这样不礼貌。我是安的爸爸。就跟你们的爸爸一样。"

那天在公共活动区里，所有人都躲着我。无论我想加入哪一群，他们都会一哄而散，跑着离开我，然后再重新组合在一起。

"安的爸爸是个机器人。"

"安的爸爸是变形金刚。"

"安爸爸被机器人杀死了，机器人变成了安爸爸。"

整个白天，他们一直唱着这样的歌，我晚上是哭着回家的。

那天我学到了一些事：

一是，所有的事情都不一样了。

二是，别人不可能明白发生在我家的事。

那以后我还是自己去公共活动区，身上别着监视器，走儿童专用路。过去爸爸一次又一次向我解释，为了保持"社会性"，所有的学龄前儿童都要定期上那儿去，不管愿不愿意。反正到了那儿，是阅读、学习还是跟别人玩，全都由我自己决定。回到家，我吃过新爸爸做好的晚饭，就在自己的房间里看订阅的儿童频道。我的虚拟朋友一直是那个"凯文"，跟我同龄，爱看书，爱发明创造。小朋友们一般都选"森蝶"做虚拟朋友，她挺漂亮，性格也不错。女孩子喜欢"悌米"，他长得帅。

我爸爸也挺帅。他待人亲切，谁都愿意跟他在一起。新爸爸没有这样的魅力。他俩看上去一模一样，可新爸爸就是少了什么说不上来的东西。

慢慢习惯他，是好久之后的事了，但妈妈一直没习惯，脸上苍白又紧张，好像新爸爸是件复杂又危险的家用电器。其实新爸爸每天购物，做家务，修理坏掉的东西，驾驶飞行车，一点不用她操心。他用烹调机也比妈妈用得好，也会烘焙花生酱巧克力饼干，唯一不能做的事情是去爸爸的研究所上班。

"你爸爸是个了不起的人。人的创造力是无法预设的，我只是个替代品，做不了他的工作。其实，任何需要创造性的事情我都做不了。"

新爸爸坦白地说。

对他这番话，我不全懂。爸爸的工作也许很了不起，但新爸爸也一样了不起。他修理妈妈的手机只要三秒钟，动作快得看不清，转眼就把一百个零件拆下来，一瞬间又重新组装上，我百看不厌。有一天，我让新爸爸这样做了二十回，一直到妈妈从自己的房间冲出来，抢过手机，在地上摔得粉碎。

那之后爸爸就带我出去散步。我问他，为什么妈妈讨厌他组装手机？

"这样她更感到我是机器人，我想。"新爸爸沉思着说："你知道，她想念你爸爸。"

我不知道妈妈是否想念爸爸，反正她总把自己锁在房间里。新爸爸说妈妈是位可敬的女士，我不太明白。妈妈是个计算机专家，她通过电脑工作，通过电脑交友，通过电脑旅游。她的房间有时静悄悄，有时人声鼎沸，有时从门缝里冒出热带雨林的迷雾，有时在门下漫出非洲大地的落日余晖。她的邮件多得要命，家里的邮政通道一天到晚在工作。有时是商品，有时是礼物，有时是些极其奇怪的东西，这些全都不允许我看。我偶然见到她一次，总觉得是个陌生人。但我也知道，这是个坐在家里连接世界的年代，像妈妈这样的人并不少。

新爸爸不一样，他也有电脑，但只在购物什么的时候用。他从来不加班，也不晚归，每周末带我去天文馆和博物馆，把时间都用在我身上。可我总是想原来的爸爸，有时想得倒在地上号啕大哭。但不管怎么说，当我哭完了，把我抱起来哄我安慰我的，总是新爸爸。

"你没电了怎么办？"我总担心这个。

"我身体里有能源块，可以用很久。"

但我并不放心。我知道什么能源都是会用完的。海洋，冰川，太阳，星星，宇宙，一切都会。以前爸爸常这么说。

那时候我都还没叫过他爸爸，他说我不叫也可以。他说话总是深思熟虑，他说是因为他要运算，还要参考爸爸的语言习惯。后来我不相信这些了，我觉得新爸爸就是比原来的爸爸忧郁些。

每天晚上，我和新爸爸玩拼图游戏，做数学题，或者他念书给我听。每当我们拼好一幅图，图画就会变成一场全息电影。新爸爸只要扫一眼，就知道那碎片应该在什么位置，但他从来不告诉我。洞穴仙境，童话之书，闹鬼的幽灵小镇，荒无人烟的核试验场，随着最后一片拼图落入正确的位置，画面上泛起一阵涟漪和闪光，一瞬间，所有的东西都变立体了，仿佛我们就置身在那里边。我最喜欢的就是这一刻。

做数学题也有意思。爸爸留下了很多动物给我，都在"数学森林"黑盒子里。有长颈鹿、犀牛、河马、乌龟和青蛙，也都是全息影像。别的孩子们还在学习加减法时，我就已经会解方程了。爸爸说我继承了他的数学天赋。现在新爸爸每晚陪我玩这个，我做对了，动物们会排队跳舞唱歌，做错了，狮子鳄鱼什么的会出来把动物吃掉，那真有点可怕。有一次我做函数题做错了，出来的是巨蟒蛇，用三分钟的时间一点点吞掉了羚羊，那次我真兴奋。

我和新爸爸还一起看故事。我小时喜欢动物故事，现在喜欢《纳尼亚传奇》《翡翠地图册》和《墨水心》，这些都是老故事，可是故事这东西就像银茶壶，越擦就越亮。新爸爸说那是因为我长大了。我喜欢听这话。后来我把这些事全记在日记里，想让爸爸知道。

有时我们通过卫星地图查看地球表面。我总要求看爸爸现在所在的位置。新爸爸就小心地调校坐标，那是非洲的沙漠，烈日下，只有滚滚的黄沙。我总是要求再清楚些，沙漠上就会出现一片模糊的建筑物。我想看到爸爸，可是新爸爸说那是类似于美国内华达沙漠51区的地方，是军事机密，没法再放大了。

"这个地方没有意思。全是沙子。"我气恼地说。

"是的，但是这个地方有最了不起的实验室，有许多像你爸爸一样了不起的科学家。"

社会调查官第一次上门时，我还不到七岁。那个人乘政府的飞行车来，像只黑色大鸟落在我家草坪上。他是为了新爸爸的事来的。

"很抱歉，我不能跟您谈您自己的事情。"调查官说。

新爸爸点点头表示理解。他去叫妈妈，妈妈过了挺久才出来。她在毛衣底下穿着条怪裙子，恍恍惚惚，眼睛下面有黑圈，社会调查官锐利地看了她一眼。他们谈了一会，都是关于机器人的安全性和使用寿命什么的，还有社会管理。("夫人，这一切都没有先例，我们也在摸索。")

我觉得这对新爸爸真不公平，别人谈论他就像谈论一件东西。可他只是笑笑。

调查官走的时候跟新爸爸握握手，注视着他的脸。

"他真是个卓越的科学家。"调查官说。

"是的。"新爸爸说。

然后调查官看了看站在一边的我，好像想说什么，可什么也没说。

不久我的七岁生日就到了。他们告诉我说爸爸的工作进展不顺利，他还不能回家。我早就有预感了，可还是哭了很久。现在，爸爸离我很远，好像在几万光年之外一样。我跟自己说，我猜对了，我还要等很久。

新爸爸送我一件礼物。是个小小的能随身携带的银月亮。它只认识我，除了我谁也打不开。它能收藏画面、声音、文字、痕迹，能记录一天中最细微的光线变化，这就是我的日记本。新爸爸说我应该把值得记的事情都记下来，以后好给爸爸看。我知道，这就像是爸爸最喜欢的那首老歌：

"百万个明天都会来临，

但今天的美永不忘记。"

那年秋天我上学了。学校里的课程太容易，我总在上课时看别的书。老师们对我倒还不错，可我没交到什么朋友。

凯文也上学了。他跟我一样，觉得功课太简单。现在他想学化学，可我对物理感兴趣。"儿童时间"里也有虚拟课堂，后来我们总算商量好，他陪我上两节物理，我就陪他上一节化学。他做出了让步，因为他说他挺喜欢我。

第一条家庭机器人的新闻是圣诞节前夕播出的，挺简短，只提到研究所，没提爸爸的名字，不知道有多少人像我一样注意到。直到有一天，这个话题一下子铺天盖地，突然之间，所有的人都在谈论机器人，除了我。

第一批机器人进入了十二个被选中的家庭。摄像机天天跟着他们，这个节目收视率最高。比如有个家庭很悲伤，如果机器人没来他们都会活不下去；还有个妈妈做家务做得都绝望了，要是没有机器人她就会疯掉；还有人寂寞得想自杀，后来机器人成了他最好的朋友。每个机器人的故事都很精彩，不像我家那么平淡。但他们就像在演戏，他们也知道他们在演戏，可我不是。

什么也不做的时候，我和爸爸常常并排躺在客厅的地板上，望着被调成星空的天花板。自从爸爸走后，天花板就总是这样。

这星空比窗外的星空要明净璀璨得多，星星的位置跟北半球不大一样，因为这就是非洲的夜空。背景音效中还有隐隐的狮吼声，我闭上眼睛，想象脸上吹来的是温暖炎热、带着狮子气味的风。

我和凯文一起看了《百万个明天》这本书，是爸爸写的，当然，是我真的爸爸。那里面说，机器人会带来一百万种未来，也会带来一百万个问题，社会上的，家庭上的，心理上的，我从书里学到很多。

现在我经常跟爸爸聊天。我的话比他多，爸爸有问必答，但字斟句酌，说话之前先停顿一下，凯文也是这样。现在我知道，这是镜像神经元的原因。这种神经元能分析对方的情绪，像镜子一样反射出来，有了这个，机器人才能真正像人一样。这都是爸爸书里写的。

"给我讲讲爸爸和妈妈的事，他们是怎么结婚的？"

"他们是在网上认识的，在网络世界里，你妈妈是个非常有魅力的女士，她的眼睛是金色的。"

我喜欢听这个故事，努力想象妈妈光彩照人的样子。

"再讲讲他们的婚礼吧，网上的那个。"

"好吧。那是个了不起的婚礼，他们的朋友从七大洲、四大洋赶来，骑着传说中的生物。他们带来了一条龙作为结婚礼物。"

"那条龙现在在哪里？"

"应该还在那里，在他们的国度里。"爸爸沉思着说，"龙是不死的……"

现在，就连我卧室的视听墙上都每天播放机器人的全息投影广告。家庭机器人分很多种，护理类、家政类、操作类、服务类、教育类、社交类什么的，应有尽有。现在还没什么人买，太贵了。但专家说，要不了多久，机器人会成为人人买得起的东西。

跟爸爸不同，机器人的外表全一样。这是为了让人一眼就把他们认出来。比如家政类都是黑发女郎，好看，可又不特别好看。抚育类都跟爸爸年纪差不多，挺稳重，挺和气。我走到哪里都看见这些广告。他们永远微笑着，看着你的眼睛，好像在等着你先说话。

看见那些节目和宣传，爸爸只是笑了笑，从不评论。我猜，他跟他们不一样，这让他觉着有点孤独。我也不知道为什么自己会这么想。

这一年爸爸仍然没有回家。这次我没有哭。想起上次哭，那是很久之前的事了。

"你也不知道他什么时候才能回来，对吗？"

爸爸思索了一会儿，说："是的。"

"我想，他不在沙漠里。"我慢慢说。比起爸爸离开的时候，我已经长大了很多。在这个年代，距离从来都不算什么。到处都是视听墙，只要爸爸想，我们就可以在任何一个公共平台上随时见面，就像我跟凯文那样。可他从没跟我联系过，而他们也从不谈起他。我现在隐隐约约猜到了，我看不见他，是因为他不在任何一个地方。

现在我跟爸爸常玩的是搭建多维空间。我尽量利用各种玩具、各种材料，来表达我脑袋里像万花筒一样的狂乱想法。有时我想象四维空间上有无数个方向，一件事有无限种可能，我可以把所有的做法全都试一遍。有时我想象在那里，时间是看得见摸得着，能像面包一样一块块切开的。如果拿到一块凝固的时间，我就能改变已经发生的事情。能当早餐的那么一块，也许够我回到六岁那个生日，去做点什么，阻止爸爸离开我们；如果有一整条法国面包棒那么长，也许我能回到爸爸和妈妈的婚礼上，亲眼看看那条龙……但是，如果是那样，就不会有眼前这个爸爸对吗？这个沉默、有点忧郁的爸爸。但是，也许在四维空间里，我可以同时跟两个爸爸在一起。

"如果我真的能建造出四维空间就好了。"

我不止一次地对爸爸说。

"你能。我不仅相信，而且知道你一定能。"

爸爸用那种对子女言过其实的鼓励劲儿认真地说。

我关闭了天花板上的非洲星空。爸爸注意到了，但他什么也没说。

我渐渐学会不再发问。没有答案的问题，也许会使爸爸为难，会伤他的心，那就好像在说他只是个冒牌货，是个代用品，是个机器人。但是现在，他就是我的全部。

"爸爸，你爱我吗？"

在不知怎么，我好像费了很大劲儿才问出这个问题。

"爱。"

我等待着，我知道答案还没完。

"我的指令要我爱你，"爸爸沉思着，慢慢说，"我是为了这个使命诞生的。你爸爸教了我很多。他耗费最大精力在这个模块上……陪伴你，照顾你，奋不顾身保护你，这都是爱，我知道几万种表达爱的方式……但是，爱究竟是什么呢？对我来说，爱也许只是一种算法……"

我点点头。我已经猜到差不多的回答。我忍住想哭的冲动：

"爸爸，你觉得孤独吗？"

爸爸没点头也没摇头，久久地望着我。他很孤独，我知道，我移到他身边，拥抱着他。

"爸爸，你知道吗？你是真的爱我的。书上说，人们要是真的去爱，就会觉得孤独。我也觉得孤独。"

爸爸走后的第三年发生了一件事。一个邮件炸弹寄到我家，在客厅里爆炸了，当时是半夜。事后凯文说爆炸当量不大，主要是释放有毒化学气体。那之后妈妈就住院，她的神经系统受损了，我们定期去探望她。毒气对爸爸不起作用，爆炸后他先救了我，然后回去救昏迷的妈妈。"因为我的最高指令是首先保证你的安全。"他说。我觉得内疚、难受，但我不知道谁最内疚，爸爸？新爸爸？还是我？

"我正在睡觉，爸爸冲进来，"我对凯文说，"他用衣服蒙住我的脸，然后撞碎了窗玻璃，我俩一起滚到外面的草坪上，我一点也没受伤。"

"你爸爸真的非常爱你。"凯文在墙上说。他没说是哪个爸爸，我也没问。

"是啊。"我说："他非常爱我。"

炸弹的来源很快分析出来了，我们收到详细的书面报告。最初爸爸不想告诉我，后来他改变了主意。

"来自深网。"他说，"就是互联网深处，那是个非常黑暗、非常危险的地方，一般人没法去。那里有很多犯罪行为。"

"他们为什么要害妈妈？"

"你妈妈是个计算机专家，这你知道。"

我点点头："妈妈发现了他们？"

"是的，她把他们交给了警方。那个炸弹能避开常规检查，是因为那些人都是计算机高手，就像你妈妈一样。"

"他们差点就杀了妈妈。"

"对。你妈妈非常勇敢，她在网上做过很多了不起的事情，比如保护儿童，还有追查毒品。"

"噢，"这让我真吃惊，"这么说，妈妈是个了不起的人，是吗？"

"是的，她做了很多一般人无法想象的事情。"

"那她什么时候才能好起来？"

"还要休养一阵子。别担心，她会回家的。"

现在我总想让爸爸讲讲深网的事，可他不愿意多说。

"世界上有很多黑暗、危险的角落，你不能一一去探寻。我敢说，你爸爸妈妈也这么想。"

"可妈妈自己就去过。"

"所以她遇到了危险。这是她选择的使命。等你长大了，你可以自己作出决定，但现在不行。"

这是爸爸离开后的第三个秋天。满世界都是金红色的树，空气变得又凉又干净，我捡起一片树叶放在日记本里。我想留着这个秋天的颜色和气味。

爸爸在身边注视着我，我望向他时，我们的视线碰在一起，他微笑了。就在那一瞬间，我忽然有种错觉。我觉得，爸爸看着我，然而他并没有马上"看见"我。就像一个人在出神，过一会他才真正看见他眼前的东西。我说不清这种感觉，因此什么也没说。

同样的事情几天后又发生了一次。

那天我又试着访问深网，但没成功。家里的网络被妈妈设置过，没有密码，根本别想进入她不让我进的地方。我有许多数学动物能帮我计算，可是看这样子还不知道算到什么时候去了。

当然，爸爸以为我在学习。窗子开着，我看见他在院子里修剪树枝。他剪得挺稳挺准确，一个动作也不浪费。过去的爸爸不是这样，他不擅长干这个，庭院里的树总是长得乱蓬蓬。一阵寂寞涌上心头，我喊了一声："爸爸。"

在秋天金红色的风中，我的呼喊化为声波，好像孤悬在空气中。爸爸依然背对着我，在剪树。我说不清那一瞬间究竟有多长，也许一秒钟？

然后，爸爸转过身来，向我微笑了。

社会调查官再次来时，由我接待他。我给他沏茶，请他吃饼干。他和爸爸谈了一会，考查他的思维，又拿出一个很小的掌上电脑，做了个简单的测试。那上面全是光点，看一眼就会头昏眼花。爸爸找出所有绿色光点之后测试就结束了。照我看，他的动作还是很快，不过，我并不知道，究竟有多快才算快。

从社会调查官脸上看不出什么，他一直挺严肃。他也问了我几个问题。最后他在他的记事本上记下了什么。他说他很快会再来看我们。

临走的时候，他交给我们一个方盒。

"这是政府送给你妈妈的礼物，请转达我们的敬意。"

盒子里是块正方体，边长也就三四厘米那么大。很黑，但又好像是透明的，里面有光彩在流动。这是件不常见的东西。上面刻印了两个金色的字母，是妈妈名字的缩写。

"这是什么，爸爸？"

"我也不知道，应该是特定的人才能开启的东西……"

爸爸小心地把它收藏起来。

有天晚上我不知为什么忽然醒了。我躺着，很久没再睡着，谛听着视听墙上非常遥远的夜莺叫声。后来我决定下床去喝点橙汁。自从妈妈住院以后，一到夜晚，家里总是黑沉沉的，没声音，也没光亮。卧室门一开，小小的夜灯们轻轻亮起来，我的余光瞥见一个坐在客厅沙发上的黑影，不言，不动，一丝声响也没有，好像完全融进了黑夜里。我的心狂跳起来。紧接着我认出了他。

"噢，爸爸！你吓死我了！"

伴随着我的声音，客厅里大放光明，爸爸如梦初醒。他赶紧走过来，把我搂在怀里，歉疚地轻轻拍：

"对不起，宝贝，对不起。我没想到你会起床。"

后来我和爸爸一起坐在餐厅里。因为这是午夜，所以头顶的灯光很朦胧，像一弯新月。我喝着橙汁，吃着爸爸做的葡萄干小饼干。在月光里，爸爸看上去跟刚来我家的时候一模一样，也跟我记忆中的爸爸完全一样。当然，他是不会变老的。

"爸爸，你刚才？"

"刚才……我在待机。"

"待机？"我有点难以置信。电脑、手机会待机，这我知道，灯光系统和我的视听墙也会待机，但是爸爸……我无法想象，在那么一段时间里，爸爸像一部机器、一件家具一样，没思想、没意识地待在某个地方……

"别担心，我向你保证，再也不会这样了。再也不会了。"

爸爸再三重复说。

那天在学校里，他们说有人找我。我想不出会是谁。我信步走出校门，然后站住了。

在灰色的天穹下，在学校的停机坪上等着我的，是社会调查官。

"我想跟你谈谈你父亲的事。当然，是你现在家中的父亲。"

他说。

我没说话，看着他。

"我刚从你家来，见过了他。你是个非常聪明的孩子，因此，我就像对成年人一样跟你说话了。"

我还是不说话，我的嗓子很紧。

"我测试了他的冗余情况和能耗情况，目前来看，他尚能维持家庭服务功能，但维持不了太久……"他犹豫一下，"我想，你可能已经有所察觉。"

"我不知道你在说什么。"我说，声音又干又哑。

他叹了口气。

"孩子。即使是你父亲那样伟大的科学家，也不能解决永动机的问题。再精密的机器人也无法永远保持初始状态。当他与人类共处的时候，我们必须保证一切都是安全的。"

"他刚救了我，救了我妈妈。"我说，我真恨眼前这个人。

他叹了口气。

"我的职能，是确保每一件事得到妥善的处理，如果人们生活中出现不安全的因素，就需要消除。"

"怎么消除？"

"简单地说，可能需要对他进行回收。"

"不行。"我断然说。

"我知道。"他说，"我知道他对你意味着什么。机器人还没有全面进入人类生活，过去我从没处理过这种案例……这是第一例，我真的需要慎重考虑。"

"那你就走开吧，走远点！"我说，其实心里想的是"滚"字，"别再来打扰我们，我们不欢迎你。"

社会调查官露出一丝苦笑。

"我们何不到那边坐坐？"

他指着远处那棵巨大的苹果树，它是人工制造的，我们都叫它"牛顿树"。如果你在树下坐得够久，就会有苹果砸在你头上，相当难吃，而且苹果皮上总是印着条定理，或者公式。我们都觉得这蠢极了。这棵树是学校的笑柄。

"我不想坐。你还有什么话要说？"

他沉吟了很久。

"我要说的话，不仅没有跟一个孩子说过，也没有跟成年人说过……"

"我知道，你的两个父亲，他们都非常爱你，我看到了这种爱。这就是我在思索的事情。"

我不作声。我觉得别扭，我不想跟别人讨论这些。

"你父亲尝试给机器人加入'爱'的单元，"他一边想一边说，"对于人来说，爱是再自然不过的。但对于机器人，想要像人一样去爱，也许意味着无限的运算……"

他看着我。我没做声，我在等他继续说。

"不恰当的运算，"社会调查官加重语气说，"我们姑且认为，'爱'是不恰当的运算，那么它就会大量增加能耗……"

我的眼泪不知不觉地蓄满眼眶。我想到坐在黑暗中的爸爸，爱我是他的最高指令。他说他在待机，他是为了能多爱我一点时间，拼命地降低自己的能耗吗？

社会调查官沉思着："对于机器人来说，爱，是前所未有的精密运作。有位中国诗人，他写过一句诗，大意是说，如果苍天是有感情的，那么苍天也会悲哀，也会逐渐衰老……"

我望见社会调查官鬓角的一丝丝白发。他看上去只不过像爸爸的年纪差不多，却已经有了白发。

"你有孩子吗？"我突兀地问。

"没有……我没有结过婚。"

一时间，我们都不响了。

"如果将来，我不得不为了保护你而做些什么，希望你原谅。"
最后，他这样说。

那天回到家，我没有提社会调查官的事，爸爸也没提。"嗯，爸爸……你能画出你自己的图纸吗？"

"我自己的图纸？"爸爸吃了一惊。

"嗯。画给我看，全都画给我看，越详细越好……"

"我能。"爸爸终于说，"但是，你为什么需要它？"

"因为我想了解你。"我望着他，还有一句话是在心里说的，"因为我怕失去你……"

爸爸画了图纸给我。我想，这也是爱。我小心翼翼把图纸珍藏在我的日记本里，我想，我终于遇上了最难也最重要的功课。

凯文每天跟我一起看这些图纸。我们一小部分一小部分地学习。为了明白这些图纸，我们总是得回过头来看很多参考书。就这么过了一阵子之后，凯文建议我，还是要从基础的部分学起。我们学了很多，可是我还是嫌学得太少，太慢。我没叫苦，凯文也没有。这就是凯文的好处，无论多枯燥、多困难的事，他都有毅力陪我坚持下去。别的孩子的虚拟朋友们也像他一样好吗？我不知道。

我一个人去医院探望了妈妈。因为我不是在探视时间里去的，所以妈妈还在睡着。睡眠对她恢复身体有好处。

我坐在妈妈床边，握着她的手，静静地看着她。我想知道，她梦见了什么。是不是梦见了那条龙？她的梦里有我吗？有爸爸吗？她是不是把爸爸藏在了一个谁也找不到的角落？

妈妈睡着的脸苍白又瘦削，但睫毛却像一对蝴蝶，眼睛下面还是有淡淡的黑晕。我长大了会像她吗？还是像爸爸？或者谁也不像，就只像我自己？

那天我陪了妈妈很久，临走的时候，我小心地拿出那件东西。现在，家里收藏它的地方，只剩下一个空盒子。爸爸要是知道我背着他拿出了这个，他会吃惊的吧？

我拉起妈妈的手，放在那个奇异的黑色正方体上。

一阵幻彩流过，黑色正方体变得透明了。光芒在它里面聚合起来，成为一组闪烁的数字。我定睛注视着，这数字是不断变幻的，每隔一分钟左右就重新跳一次。

我吁出一口气，幸好这东西跟我的银月亮一样，也是识别生物体征的。要是别的方式，那可就大费周章了。

现在，我常常做很长的梦，长得醒来时总要发呆好半天。爸爸说那是我在长身体的关系。

我把每个梦都记在日记里，我怕将来我会忘记。

我梦见，"时间"在我家里凝固了。我紧紧嵌在一大块光滑透明的蓝玻璃里，我能看见它，摸到它，却无法打破它。在"时间"那头，妈妈在轻盈地走动，她身上有蛱蝶的翅膀，散发着变幻的光彩，我知道她很脆弱，因为她中毒了，她马上就要被蓝玻璃冻住。我拍打着蓝玻璃，但是她看不见我，因为她的世界不在这里。

我梦见自己走在机械迷宫里。不论我向哪个方向看，都是图纸。线路图。组装图。零件图。我知道这些图纸是什么。是爸爸自己画的，他的画像照片一样精密，全都保存在我的日记本里，我一有时间就拿出来看。凯文也走在我身边。他像我投下的影子，散发出硫黄、金属和数字的味道。

"这是你的世界吗？"我问凯文。

"不，是你的。"

我梦见我们躺在非洲的穹苍下。然而这是一个密封的、沙漏般的世界。沙子在不断流走。爸爸的眼睛看着我，然而他要到下一秒才"看见"我。他听着我说话，然而他要到下一秒才"听见"我。（"命令不响应，出现延后现象。"）我知道他的能源在慢慢耗尽，可是我还没有替他找到一块新的。沙子流完了，露出了嶙峋的悬崖，深渊里升起彩虹色的火，吞噬着悬崖边缘。我和爸爸奋力向前跑，可是他的动作比火慢，比大地塌陷的速度慢，下一秒，他随着崩塌的悬崖落进火中。

我梦见寂静的家。阳光的影子一格一格移动，很多年就这样过去了。爸爸坐着，像停摆的钟，没有一丝声响。我替他戴上太阳镜，不让别人看见他茫然的眼神。我替他戴上帽子，围上围巾，假装他是个迟缓的老年人。我放慢脚步让他和我走在一起。如果别人向我们说话，我就抢先回答。不论去哪里，我总是握着他的手。

我梦见我孤零零行走在群山之间，到处都是坍塌的神殿。野草上凝结着露珠，藤蔓下面是生锈的古代剑刃。我走了很远很远，最后终于找到了她。她在高高的荒凉的宫殿里望着窗外，她的金发滚滚，像波浪一样铺满了地面。我知道她就是我要找的人，因为她有一双金色的眼睛，还有蝴蝶一样的睫毛。我吁了一口气，慢慢在她身边坐下。冰冷的石阶上，蒙着厚厚的灰尘。我们都在想着一个离开了很多年的人。

"他还活着吗？"我问。

她没点头也没摇头。她指着遥远的地方。在那黑色的山巅上，隐隐约约盘踞着一条巨龙，像是在守护她的宝藏，守护她最珍贵的东西。

渐渐地，我觉得，梦和现实的边界模糊了。我分不清哪些是我梦见的，哪些是我看见的，哪些是我感觉到的。可是我知道，留给我的时间不多了。

用那块被开启的黑色密钥，我成功地进入了深网，互联网里的一切在我面前敞开。我现在明白这里为什么危险，为什么是罪恶的渊薮。有那么多人都想获得自己想要的东西，那些东西疯狂、诡异又恐怖，他们中一定有很多人是罪犯，可是我现在顾不上这些。

我知道了许多许多信息，知道了许多许多交易的方式和地点。凯文一再阻止我，最后他说他要警告爸爸，可是我不听他说完就关闭了视听墙。这种会伤害他的事，我还是第一次做。

我的目的地在地下。那是个黑暗、诡异、危险的山洞，进入的人必须在入口处领取面具和胸牌，穿上长可及地的披风。洞穴的深处人影幢幢，不时有胸牌的光芒同时一闪，照亮一张惨白或滴血的脸，和他们手里那些永远不会出现在广告里、出现在电视上的东西。

我们都是为了交换而来的。我在长袍底下紧紧攥住一袋沉甸甸的金币，那是我的数学动物们计算了好几个月，在互联网深处的泥土中挖出来的。我不关心它值一座城堡还是一颗心脏，我只想换到我要的东西。

一个戴化身博士面具的男人在我面前停下。他的胸牌表明，他身上有我要的东西。我知道，那应该是一个浓雾般的方块，是个能量场，封存着一块能源。

我点点头，同意交换。我们的胸牌同时闪烁起来。可就在这时，角落里响起了高得刺耳的声音：

"等等！"

一个戴骷髅面具的人，向另一个戴猿人面具的人拉开了他手中像线圈一样的东西。

所有人眼前出现了炫目的白光，一瞬间，我们感到山摇地动。山洞塌陷了。

戴化身博士面具的男人猛然把我遮蔽在身下。在我身边，巨石纷纷滚落，到处是惊呼和惨叫声。我听见巨石接连砸在他身上。我听见凹陷、碎裂的声音。我闻到硫黄、金属、数字和机械迷宫的味道。可是他的声音依然很平静，而且非常非常熟悉。

"我的最高指令是保证你的安全。"

在这件事之后，爸爸离开了我。他的身体损坏得很厉害，人们把他送回了研究所。这全都是我的错。我从来没有梦到过这样的结局。他们也暂时关闭了我的互联网权限，他们说，这不是为了惩罚我。至少社会调查官是这样说的，他还说，如果他将来有个女儿，他希望她像我。

两个月后，爸爸回家了。我是说，是我真正的爸爸。他消瘦得认不出，但他活着回家了。他不是从沙漠里回来的，而是从很远的医院。

"我一直都在冬眠，直到他们把我唤醒，说我的病能治好了，他们已经找到了药物。"爸爸倚在床上握着我的手说，"那时候，我不知道自己这么幸运。我怕我会睡上十年、二十年。我想不到更好的办法了。"

我点点头，表示明白。我真的明白，我也没想到自己会这么幸运，还有妈妈。

爸爸回来之后不久，妈妈也出院了。我们在房间里搞了一些花样来迎接她，一些漂浮的星座、鱼群什么的，就像人们在派对上常做的那样。我在墙壁上画了条龙。妈妈看到它，露出淡淡的笑容。

他们现在不吵架了。妈妈离开她的房间，整天照看爸爸，许多事情她情愿不用家用电器，而是自己来做。爸爸已经答应她，身体好了之后减少工作的时间，多陪伴她。现在，他一有空就读我的日记，他说他要尽快为失去的那三年补课。

现在，我只剩一件事还没有讲到。那是另一个爸爸的记忆芯片，他们把它交还给我。现在，它是我最珍爱的东西，嵌在一块浑圆、晶莹的蓝色有机玻璃里，我总戴着这条项链。回想过去的三年，我觉得就像一个闪光的长梦，虽然我当时并不知道。

凯文仍然是我的好朋友。现在，爸爸不怎么鼓励我拼命学习，他希望我多交点真正的朋友，像同龄的女孩们一样。但是对我来说，这还有点难，毕竟，我曾经有过的、最好的两个朋友都是机器人。

爸爸能够出门散步那天，我们在街上第一次看见一个抚育类机器人带着一个很小的黑发小女孩。那个机器人并不像爸爸，但沉思的神情像。所到之处，人们都对他们久久凝视。我和爸爸从他们身边缓步经过，我知道我会永远想念他，因为百万个明天都会来临，但总有些事，我们永不忘记。

·思想实验室

1. 认识人和机器人之间的感情是一个非常重要的问题。科学研究表明，人类天生就会将自己的感情投射到物理空间中任何看似可自主运动的事物上。在这篇小说中，"我"为什么会对机器人爸爸产生如此深厚的感情？爸爸、妈妈和机器人爸爸对"我"的爱有什么相同或不同？如何看待人与机器人之间的感情？说说你的看法。

2. 当下有这样一种观点："电子产品是导致亲情淡漠的主要原因。"你同意这种说法吗？在你看来，在超级人工智能时代中，机器人会对家庭人际关系产生怎样的影响呢？

3. 结合生活中的实例，说说 AI 给人类生活已经带来哪些影响，以及应该如何面对人工智能技术带来的挑战和困扰，实现人类与 AI 技术的和谐共生。